『お気に召すまま』

七五調訳シェイクスピア
シリーズ〈12〉

今西 薫
Kaoru Imanishi

風詠社

目次

登場人物   5

第1幕   第1場   オリヴァーの館の庭園   6
        第2場   フレデリック公爵の宮殿の芝生の地   17
        第3場   フレデリック公爵の宮殿の一室   37

第2幕   第1場   アーデンの森   48
        第2場   フレデリック公爵の宮殿の一室   52
        第3場   オリヴァーの館の前   53
        第4場   アーデンの森   58
        第5場   アーデンの森   65
        第6場   アーデンの森   69
        第7場   アーデンの森   70

第3幕   第1場   フレデリック公爵の宮殿の一室   84
        第2場   アーデンの森   85
        第3場   アーデンの森   114
        第4場   アーデンの森   121
        第5場   アーデンの森   125

第4幕   第1場   アーデンの森   134
        第2場   アーデンの森   149

	第3場　アーデンの森	150
第5幕	第1場　アーデンの森	162
	第2場　アーデンの森	167
	第3場　アーデンの森	175
	第4場　アーデンの森	178

あとがき　　　　　　　　　　　　　　　　　　　　194

登場人物

元公爵	森に住む公国を奪われた公爵
フレデリック公爵	公国を奪った元公爵の弟
アミアン	元公爵に仕える貴族
ジェイクイーズ	元公爵に仕える貴族
ル・ボウ	フレデリック公爵に仕える貴族
オリヴァー	ローランド・ドゥ・ボイス卿の長男
ジェイクス	ローランド・ドゥ・ボイス卿の次男
オーランド	ローランド・ドゥ・ボイス卿の三男
アダム	ローランド・ドゥ・ボイス家の召使い
デニス	同上
タッチストーン	道化
オリヴァー・マー・テクスト卿	エセ牧師
コリン	羊飼い
シルヴィアス	羊飼い
ウィリアム	田舎の若者
ロザリンド	元公爵の娘
スィーリア	フレデリック公爵の娘
フィービー	羊飼いの娘
オードリー	田舎の娘
ハイメン	婚姻の神（男）
チャールズ	フレデリック公爵のおかかえレスラー

貴族達　召使い達　従者達　その他

場面　オリヴァーの館　フレデリック公爵の宮廷　アーデンの森

第 1 幕

第 1 場

オリヴァーの館の庭園

(オーランド、アダム 登場)

オーランド
 なあ アダム 父上からの 僕の遺産は
 わずかばかりの 1千クラウン
 知っての通り 長男に 家督のすべて 譲り渡して
 僕の養育 任されたよな
 僕の惨めさ そこに始まる
 次男の兄の ジェイクスなど 大学に 行かせてもらい
 恩恵を受け 成績も 良いとのことだ
 僕を見てみろ 農夫のように 家に置かれて
 そのままだ
 紳士とし 生まれているのに
 牛として 飼われているのと 同じこと
 馬のほうが 良い待遇だ 餌も良く 毛並もいいし
 調教師まで 付いていて 躾しっかり できている

第1幕

三男の この僕は こんな卑しい 境遇に 追いやられ
動物として 飼われてるのと 同じだよ
オリヴァーは 何一つ くれないし
あの顔付きを 見ていると 僕にある 可能性
奪おうと していることが よく分かる
下男の所で 食事はさせる 兄弟としての 地位奪い取り
僕にある 品性を 劣悪な 扱いにより
台無しに しようとしている
なあ アダム この僕を 苦しめるのは それなんだ
僕の心に 受け継がれている 父上の精神が
今のこの 隷属状態 打破しろと 叫ぶのだ
もう僕は 我慢できない
でも どうしたら こんなに酷い 境遇から
抜け出せるのか 分からない

(オリヴァー 登場)

アダム

あちらのほうに 旦那さまが お見えです

オーランド

少し離れて いてくれないか？
アダム 兄がどんなに 酷い罵倒を 僕にするのか
聞いていて くれないか？ （アダムは後方に立つ）

オリヴァー

おい おまえ こんな所で 何をしておる?!
オーランド
いえ 別に 何もしては おりません
何かを作れ そんなことなど 言われてません
オリヴァー
壊すことなら できるのだよな
オーランド
仰る通り 神様が お創りになった この体
価値のない 貧弱な 弟を ぶらつかせ
兄上は だめにして いるところです
オリヴァー
ぐうたらな奴 せっせと仕事 するんだぞ
邪魔立てするな!
オーランド
豚の世話をし 豚と一緒に
籾殻(もみがら)を 食べていれば いいのです?
これほども 劣悪な 状況に 置かれているのは
放蕩(ほうとう)を 僕がして
親の財産 使ったとでも 言うのです!?
オリヴァー
自分がどこに いるのかが 分かっておるか?
オーランド
分かっています 兄上の 庭の中
オリヴァー

誰の前に 立っているのか 分かっておるか？
オーランド
僕の前に いる人が 僕のこと 知ってる以上 知ってます
一番上の 僕の兄です 貴族の血筋 引いている
兄上は 僕もそうだと 分かってほしい
慣習に 従って 長男である 兄上が
事のすべてを 仕切られている
慣習があり 二人の間に 20人の 兄弟が いようとも
僕の中に 父上の 同じ血が 脈々と 流れています
取り去ることは できません
先に生まれた 兄上が 父上に 近いことは 認めます
オリヴァー
何だと！ おまえ！ （オーランドの頬を平手打ちする）
オーランド
まあ まあ 兄上 力ずくじゃ 勝ち目など ありませんよ
（オリヴァーの喉元を掴む）
オリヴァー
この俺に 手を出すと 言うのかよ⁉ 悪党め！
オーランド
悪党じゃ ありません
ローランド・ドゥ・ボイス卿の 末の息子だ
その父上が 悪党を 生んだなど 言う者が いたのなら
そいつのほうが３倍も 悪党だ
あなたがもしも 兄でないなら

この手ですぐに 喉元を 締め上げて
残る手で そんな悪口 言う舌を
引き抜いて やったところだ
あなた自ら 自分の家を 穢(けが)したのだ

アダム

まあ 旦那さま方 心鎮めて！
今は亡き 父君(ちちぎみ)さまを 思い出し 仲直り してくださいよ

オリヴァー

手を放せ！ 聞こえないのか！

オーランド

話がつくまで 放しはしない！ よく聞けよ！
父上は 遺言状で 僕に確かな 教育を 受けさせるよう
兄上に 指示された
それなのに 兄上は この僕を 小作人 同様に 扱って
まともな教育 受けさせて くれなかったな
父上の 気骨ある 魂が 僕の心に 育った今は
もう我慢 できやしないぞ
紳士となれる 教育を 受けさせて くれるのか
それがだめなら 遺言で この僕に 与えられた
わずかな額を もらいたい
それを元手に 僕の運命 買い出しに 出掛けます

オリヴァー

その金が 無くなれば どうするのだな？
乞食でも する気かい?!

分かったからな 家の中に 入っておれ
おまえなんかに 関わってなど いられない
おまえの取り分 分けてやるから 手を放せ！
オーランド
正当な 僕の権利を 守るためです
兄上を 怒らせる気は ありません
オリヴァー
おまえも共に 出て行くがいい 老い耄れめ！
アダム
「老い耄れ」と いう言葉 それだけが
こんな年まで 働いてきた わしに対する お手当ですか？
無理もない 長いこと お仕えして きましたからな
もう歯さえ 無くなりました
先代の旦那さまには 神様の お恵みが ありますように
あの方ならば そんなことなど
仰ることは なかったでしょう
（オーランド、アダム 退場）
オリヴァー
そういう気だな！
このわしに 楯を突くと いう積もりだな
痛い目に 遭わせてやるぞ １千ダカット やるものか！
おい デニス！

（デニス 登場）

デニス

お呼びですか？

オリヴァー

公爵の チャールズという レスラーが
このわしに 会いに来ては いないのか？

デニス

旦那さま その男なら 玄関先に 来ておりまして
是非お会いして お話が したいとか

オリヴァー

入れてやれ　（デニス 退場）
これはいい 願ったり 叶ったりだ
レスリング 明日だからな

（チャールズ 登場）

チャールズ

おはようございます

オリヴァー

やあ チャールズ 新しい 公爵を 迎えた宮殿
そこから何か 新しい 知らせでも？

チャールズ

宮殿に 新しい 話など ありません
昔から ある話なら ございます

元の公爵 弟の 新しい 公爵に 追放されて
3・4人の 忠実な 貴族らが 自らの 意思により
追放の身に なった上 元の公爵に 従ったとか
その者達の 土地財産が
新しい 公爵の ものになるので
喜んで 放浪許可を 出されたのです

オリヴァー

元の公爵 その娘 ロザリンド
父親と 連れ立って 追放なのか？

チャールズ

いえ 違います フレデリック公爵の お嬢さま
ロザリンドの 従妹(いとこ)に 当たる方でして
ゆりかごの 頃からずっと ご一緒に 育った仲で
ロザリンド 出て行くのなら 私もと
一人になるなら 死んでしまうと 仰るので
ロザリンド 宮殿に残り 叔父上からは 実の娘と 同様に
可愛いがられて おられます
娘さま お二人は 大の仲良しで いらっしゃいます

オリヴァー

元の公爵 どこに住む 積もりなのだな？

チャールズ

もうすでに アーデンの森に お着きになって
大勢の 陽気な家臣 共々に イングランドの 昔の義賊

ロビン・フッド[1]が していたような

　　暮らしをされて いるとのことで

　　多くの若い 貴族に囲まれ 黄金時代[2] さながらに

　　ご自由に されているとか

オリヴァー

　　明日おまえは 新しい 公爵の おられる前で

　　レスリング することに なってるのだな

チャールズ

　　実際に その通りです

　　そのことで お耳に入れる 一件が あるのです

　　密かに耳に したところでは

　　弟の オーランドさま 身分を隠し 私に勝負 挑まれるとか

　　明日は私も 名誉を懸けて 臨(あす)みます

　　相手の者で 手足の骨を 折らずに済む者

　　それだけで 賞賛に 価する

　　弟さまは まだ若く 成熟されて おられません

　　それなのに 強烈に 投げ付けるのは やりづらい

　　でも 挑まれたなら 勝負は勝負

　　名誉に懸けて やらざるを 得ないのです

　　あなたの為を 思ってここに お伝えに 来たのです

1　イングランドの伝説上の人物。ノッテンガムのシャーウッドの森に潜み、リチャード1世が十字軍の遠征で不在の際に王位に就いていたジョン王の圧政に立ち向かった。

2　吟遊詩人によって語られる「大自然の中で自由気儘に暮らす世界」。

弟さまの 出場を ご説得 頂くか
　　そうでないなら ご自分が 恥をかくのは
　　自己責任で 私の本意 ではないことを ご承知ください
オリヴァー
　　チャールズ わしに気を 遣ってくれて ありがたい
　　充分に お礼は致す
　　このわしも 弟の動向に 実は気を 配っておった
　　内々に 弟を 説得しようと 試みた
　　だが 奴は 片意地張って 説得に 応じない
　　チャールズ 言っておく 弟は フランス生まれで
　　一番の 強情者で 野心家だ
　　他人(ひと)の優れた 資質を見れば
　　すぐに妬(ねた)んで 敵対意識 起こす始末で
　　血を分けた 兄にさえ 密かに陰謀 図るのだ
　　そういうわけで おまえが奴を どうしようとも
　　わしのことなど 気にするな
　　わしとして おまえが奴の 指を折るより
　　首の骨 折ってほしいと 思うほどだぞ
　　だが 気を付けろ 少しでも おまえが奴に 恥をかかすか
　　自分には 栄誉など 与えられぬと 思ったら
　　おまえに対し 毒を盛ったり 卑劣な手段で
　　落とし込めようと 策を弄(ろう)する かもしれぬ
　　それよりも 不正な手段 使っても
　　おまえの命 奪うまで しつこく追って 来るだろう

わしはなあ 断言できる
— それを言うにも 涙が出るが—
あれほど若く 悪質な男など 見たことがない
今わしは 兄弟の 恩情を もってして 語っているが
もしわしが 真相を 語るなら
わしは顔 赤らめて 涙を流し
おまえは顔を 蒼ざめて 恐れ戦(おのの)く はずである

チャールズ

あなたに会いに やって来て
本当に 良かったと 思っています
彼が明日(あす) 来たのなら 天罰を 与えます
介助者なしで 彼が一人で 帰ったならば
私はレスラー やめましょう
では 失礼します さようなら

オリヴァー

チャールズ では またな （チャールズ 退場）
さあ 今からは ここに住む
軽薄な スポーツマンを 焚(た)き付けてやる
あいつがこれで くたばればいい！
理由は確(しか)と 分からぬが
わしはあいつを 見る度に 虫唾(むしず)が走る
なぜだかあいつは 上品だ
学校に 行ってないのに 学がある
考え方が 正当で どういうわけか みんなから 好かれてる

館の者には 特別に 好かれてる
そのせいで わしの評価は だだ下がり
だがそれも もう長くない
レスラーが しっかり片を 付けてくれるぞ
わしの仕事は 何としてでも
弟を その場へと 連れ出すことだ
さあ それに 取り掛かろうか

第2場

フレデリック公爵の宮殿の芝生の地

（ロザリンド、スィーリア 登場）

スィーリア

お願いよ ロザリンド
大好きな 従妹(いとこ)のあなた 陽気になって！

ロザリンド

ねえ スィーリア 私これでも 精一杯に 陽気にしてる
それなのに もっと陽気に なれって言うの？
追放された 父を忘れる 仕方あるなら 教えてくれる？
それ分からずに 素敵な楽しみ
思い浮かべる ことなんて できないわ

スィーリア

その発言で 分かったわ
あなたは私が あなたのことを 大切に 思ってるほど
私のことを 思っては いないのね
私には 伯父であり
追放された あなたの大事な お父さま
その人が 私の父を 追放しても
あなたがそばに いてくれるなら
私はあなたの お父さまを
自分の父と 思うよう 努力するわよ
もし あなた 私があなた 思うほど
私を大事に 思ってくれれば
あなただって そうしてくれる はずですわ
ロザリンド
それなら私 今の立場を 忘れてしまい
あなたの楽しみ 共有しましょう
スィーリア
知ってるでしょう この私 一人娘よ
これから先も 本当よ
私の父が 亡くなれば あなたが父の 相続人よ
強制的に 父が奪った ものなどは
愛情込めて あなたのもとに お返しするわ
名誉に懸けて 約束できる その約束を 破ったら
天罰で 怪物に 変えられたって 仕方ない

ねえ 優しいローズ[3] お願いだから 陽気になって
ロザリンド
　これからは そうするわ
　さあ 気晴らしに なることを 考えましょう
　何かないかな？ そうよ これ これがいい
　恋をするって 素敵じゃない？
スィーリア
　遊び心で 恋をするなら いいけれど
　真剣に してはだめ 一線を 越えないように
　赤ら顔に なる程度まで
　名誉を守り いつでも退(ひ)ける ようにして
ロザリンド
　それならどんな 気晴らしがいい？
スィーリア
　糸紡(つむ)ぎする 運命の 女神のことを[4]
　じっと座って 笑って待って
　女神が選ぶ 采配が 平等なのか 確かめましょう
ロザリンド
　そんなこと できるなら いいのだけれど
　女神からの 贈り物 時によっては 違う人に 届けられるわ

---
3 「薔薇（バラ）」と「ロザリンド」の愛称の二つの意味。
4 運命の女神は糸紡ぎをする女性として描かれる。幸運や悪運は女神の糸の紡ぎ方で決まる。その紡ぎ方にはムラがあり、均一ではない。

目隠しされた 女神[5]は特に

女性への 贈り物 間違うことが 多いわね

スィーリア

その通りだわ 綺麗な女性 美徳に欠ける

美徳ある 女性はなぜか 不器量（ぶきりょう）だから

ロザリンド

ねえ あなた そんなこと 女神の仕事 ではなくて

「自然」[6]の 問題よ

運命は この世の中の 浮き沈み 司（つかさど）り

「自然」の 姿形と 無関係だわ

（タッチストーン 登場）

スィーリア

それは私は 違うと思う

「自然」が 綺麗な人を 創っても

運命により 火の中に 落とされること あるでしょう

天性が 私達には 知性を与え 運命のこと 話してますが

運命が 道化を寄こし この話 邪魔をしに 来ましたね

---

5 キューピッドは目隠しされている姿（彼の矢はどこに当たるか不確かである）で描かれることが多いが、「(幸)運は気まぐれ、分からぬものだ」[Fortune is fickle and blind.] と諺にあるように、運命の女神は「気まぐれ」である。

6 原典 "Nature"「神が人間に与えた天性のもの」の意味。

第 1 幕

ロザリンド

　本当に 天性は 運命に 勝てないのよね
　生まれついての 道化には
　生まれもっての 知性など 勝ち目がないわ

スィーリア

　ひょっとして これさえも 運命の せいではなくて
　「自然」の仕業 かもしれないわ
　「自然」が与えた 知恵なんて 愚かなもので
　女神のことを とやかく言って 論じる資格 ないからと
　知恵を研ぐため「自然」が道化を
　私達にと 授けられたに 違いない
　あら 賢いお方 どこをさ迷い 歩くのですか？

タッチストーン

　お嬢さま お父さまの 所へと おいでください

スィーリア

　伝令として 言ってるの？ それともあなた 見廻り人?!

タッチストーン

　見廻りなんて 滅相もない
　宣言します 呼んでくるよう 言われただけで…

7　原典 "Nature's naturals"「天性の道化達」〔natural ＝ 道化〕。
8　原典 "wit"「知恵（者）」。「知恵者はどこへ行く？」と「あなたの知恵はどこにある？」の二重の意味。
9　原典 "messenger"「伝令」と「見廻り人」の二重の意味。Sh.〔シェイクスピア〕のしゃれ。

ロザリンド

　宣言なんて いつどこで 習ったの？

タッチストーン

　ある騎士が 名誉に懸けて 誓ってました
　このパンケーキ 美味しいが マスタード 出来損ないと
　わしにとっては パンケーキ 出来損ないで
　マスタード 絶品でした
　味見のことで おいらには 自信ある
　騎士は全く 逆のこと 言い張って いましたが…

スィーリア

　あなたには 知識の蓄積 あるらしいけど
　どうしてそれが 証明できる？

ロザリンド

　本当に 轡(くつわ)を解いて 知恵を自由に 語ればいいわ

タッチストーン

　さあ 二人とも わしの前に 立ってみて
　顎(あご)を撫(な)で その髭(ひげ)に懸け
　おいらのことを 悪党と 罵(ののし)って もらいたい

スィーリア

　我々の 髭に懸け （そんなもの 無いけれど）
　それに誓って 言うけれど「あなたなんかは 悪党よ」

タッチストーン

　おいらの中の 悪党さに懸け （そんなもの 無いけれど）
　おいらを悪党と 言ったとしても

実在しない ものに懸けて 誓っても
　　誓いなんかに なってない
　　名誉に懸けて 誓う騎士 名誉など 何もないのに
　　誓っても 意味がないのと 同じこと
　　仮にそれ あったとしても
　　パンケーキか マスタード 味わう前に
　　誓いなど 言い尽くしたに 違いない

スィーリア

　　それは一体 誰のこと？

タッチストーン

　　あなたの父親 海千山千の フレデリックさま
　　その方(かた)が みんなから 寵愛(ちょうあい)される 人ですよ

スィーリア

　　お父さまが 寵愛されて いるのなら
　　それ その方が ご立派な 証(あかし)です
　　もう充分よ！ お父さまの 悪口は 言わないで
　　そんなこと 言ってると いつの日か
　　鞭(むち)で処罰を 受けますよ

タッチストーン

　　賢い人が 道化的 行いを したことを
　　道化が賢く 批判するのが 許されないと 言うのなら
　　情ないにも ほどがあります

スィーリア

　　本当に あなたが言うの 尤(もっと)もなこと

道化にある 少しばかりの 知恵さえも
口に出すのを 禁じられたら
賢い人の 少しばかりの 愚かさが 際立って 見えるもの
あら ル・ボウさん いらしたわ

(ル・ボウ 登場)

ロザリンド

沢山の 新たな知らせ お持ちのようね

スィーリア

鳩が雛(ひな)にと 餌(えさ)を与える 姿と同じ
私らに 詰め込むのだわ

ロザリンド

そうなれば 私達 新しい 知らせばかりで
満腹に なってしまうね

スィーリア

それならそれで 好都合 私らの 売れ行きは 好調になる
Good Day Mr. ル・ボウ 新しい 知らせでも？

ル・ボウ

お嬢さま方 沢山の 気晴らしスポット 見逃しましたね

---

10 原典 "Bon jour, Monsieur"［ボン・ジュール・ムッシュ］（仏語）。
11 原典 "sport"［スポート］「気晴らし」の意味。Sport の発音は当時 "spot"「装飾用のステッチ縫い」とほぼ同じ発音であった（Sh. のしゃれ）。

第 1 幕

スィーリア

　ステッチ縫いは どんな色？

ル・ボウ

　どんな色？ どう答えれば いいのです？

ロザリンド

　知恵があり 運が良ければ 答はすぐに 分かるでしょう

タッチストーン

　あるいは あなた 運任せ？

スィーリア

　なかなかうまく 言ったわね
　コテコテの「落語者」になる

タッチストーン

　これぐらい 言えないと お笑い 道化師として 失格で
　「ランク」外に 落とされる

ロザリンド

　それなどは「ダサ臭い」言い方よ

ル・ボウ

　一体何の 話なのかが 私には 分かりませんね

12　原典 "spot"「ステッチ縫い」。
13　原典 "trowel"「(左官職人が使う) こて」。本文「左官職人が使うこてで塗り固められた」(「よく仕上がった」の意味)。「コテコテ」は Ys.(訳者)のギャグ。
14　原典 "rank"「ランク(地位)」の意味と「悪臭を放つ」の意味がある。Sh. のしゃれ。「落語者(落語家)」と「落伍者」(Ys. のしゃれ)。

25

新しい お知らせは レスリングの 試合のことで
お嬢さまらは 残念ですが
見逃されて しまわれました
ロザリンド
レスリング どうだったと 言うのです？
ル・ボウ
その始まりを お話しします
もしお気に 召したなら
エンディングには 間に合いますが
レスリングの クライマックス 実はここ
今いらっしゃる この場所で 行われます
スィーリア
では 済んでしまった 始まりを 話してくれる？
ル・ボウ
ある老人が 三人の 息子を連れて やって来て…
スィーリア
昔々の 童話のような 始まりね
ル・ボウ
三人みんな 体格も良く 見た目にも 立派な若者
ロザリンド
告知版 首にぶら下げ「東西東西 お耳拝借」
その触れ込みで 出てきたのでしょう
ル・ボウ
まず長男が 登場し 公爵の お抱えレスラー

チャールズと 取っ組み合いを 始めましたが
アッと言う間に 投げ飛ばされて
肋骨を 3本折って 助かる見込み ほぼありません
次男もやられ 三男も そこで三人 共々に 横たわり
うろたえる 父親は 嘆き悲しみ それを見ている 者達も
同情の 涙を流して いるのです

ロザリンド

まあ かわいそう！

タッチストーン

お嬢さまらが 見逃した 気晴らしとは どのことですか？

ル・ボウ

今 話したの そのことだ

タッチストーン

なるほどな 人はこうして 日を重ね 賢明に なってゆく
肋骨を 折ることが 女性らの
気晴らしに なるなんて 初耳だ

スィーリア

私もよ 本当に

ロザリンド

自分の大事な 弦楽器の
弦が切れても 構わない人 いないでしょう
自分の肋骨 折られるの
求めるなんて いう人も いないわね
こんなレスリング 見るのです？ スィーリア

ル・ボウ

ここにいるなら 見ることに なりますよ
レスリングの 試合場 ここに決定 されました
もうすぐここで 始まるのです

スィーリア

見て ほらあそこ みんな揃って やって来る
ここにいて 見てみましょうよ

([トランペットの音] フレデリック公爵、貴族達、
オーランド、チャールズ、従者達 登場)

フレデリック

さあ 始めるがいい 説得に 応じないのは 自己責任だ
若者は 大胆さ故 自らを 危険に晒す

ロザリンド

あそこにいるの その人ですか？

ル・ボウ

はい あの男です

スィーリア

あら 若過ぎるわね！ でも どことなく 勝てそうよ

フレデリック

おや おまえ達 こっそりここに やって来て
レスリングの 試合観戦 する気だな

ロザリンド

はい 閣下 お許しが 頂けるなら
フレデリック
　　おまえ達 こんなもの見て 面白いとは 思えんが
　　チャールズが 圧倒してる
　　挑戦してる 若者が 若過ぎて 哀れに思い
　　止(や)めるようにと 話してみたが 聞こうとも しないのだ
　　おまえ達 彼の気が 変わるかどうか やってみてくれ
スィーリア
　　ル・ボウ あの人を 呼んできて
フレデリック
　　任せたぞ あちらのほうに 行っておく　（脇に退(しりぞ)く）
ル・ボウ
　　挑戦者の君 お嬢さまらが お呼びだぞ
オーランド
　　慎んで 今すぐに 参ります
ロザリンド
　　あなたです？ レスラーの チャールズに 挑むのは？
オーランド
　　いえ お嬢さま 挑んできたの チャールズですよ
　　他の者と 同様に この僕は 彼が挑んだ 挑戦状に
　　ただ受けて 立っただけです
スィーリア
　　若さ故 あなたの気持ち 大胆過ぎると
　　言わざるを 得ませんね

チャールズの 怪力の 酷(むご)い証拠を
ご覧になった はずですよ
ご自分を 自分の目にて しっかり見詰め
判断力で 判断すれば どれほど危険な 冒険を
しようとされて いるのかが お分かりに なるはずよ
自分には 釣り合うことに チャレンジされるの
安全と 思われません？

ロザリンド

お若いお方 そうなさいませ
あなたの評価が 下がったり することは ないでしょう
私達 公爵さまに レスリングの 試合など
しないようにと お願いします

オーランド

強情な 男と思い ご叱責 なさらぬように 願います
これほどでも 美しく 優しい女性に 説得されて
聞き入れぬとは 罪の意識に 駆られます
試練にと 立ち向かう この身を見つめ
温かい 声援を 頂けるなら 幸いと 存知ます
私がもしも 負けたとしても
名声も なかった者が ただ恥を かくだけのこと
命を落とす ことになっても
死にたい者が 死ぬだけのこと
友達も いないので 悲しませたり する者も おりません
何も持たない この私 世の中に 迷惑かける こともない

この世では 一人の場所を 占めております

私がそこに いなくなったら

より良い人が その場所に 現れるはず

ロザリンド

できるなら 私の力 わずかでも あなたへと 差し上げますわ

スィーリア

私のものも 彼女に添えて お贈りするわ

ロザリンド

ご健闘 お祈りします

私の危惧が 取り越し苦労で ありますように

スィーリア

お志(こころざし)を 果されるよう 願っています

チャールズ

母なる大地に 眠りたいなど 言う大胆な

若者は どこにいる?!

オーランド

ここにいる だが 僕の意図

それほども 大胆じゃない

フレデリック

一本勝負 倒されたなら 勝負ありだぞ

チャールズ

公爵さまは 一番勝負 出るのさえ 止めさせようと

説得を されました

それに応じず 出たからには

二番勝負に 出られぬように してやりましょう
オーランド
試合に勝って 嘲笑え(あざわら)
試合の前に 笑う必要 ないはずだ
さあ 始めよう
ロザリンド
成功のため ヘラクレス あなたに力 与えますよう!
スィーリア
私の姿 透明になり あの強敵の 脚を引っ掛け 倒したい
(二人はすぐに取っ組み合いを始める)
ロザリンド
ああ 素晴らしい 若者ね!
スィーリア
私の目に 雷電(らいでん)が あるのなら
一刻も 早く相手を 投げ落としたい
(歓声が上がり、チャールズが投げ飛ばされる)
フレデリック
一本! そこまで!
オーランド
公爵さま 私は未(いま)だ 実力を 発揮しては おりません
フレデリック
おまえはどうだ? チャールズ
ル・ボウ
口が利けない 様子です

フレデリック

　運んで行け　(チャールズは運び去られる)
　何という名だ？

オーランド

　オーランドと　申します
　ローランド・ドゥ・ボイスの　三男です

フレデリック

　おまえが他の　親の子で
　あってくれたら　良かったのだが…
　世間では　おまえの父は　高潔な　人物として
　評価されてた
　しかし　わしには　常々彼は　敵だった
　もしもおまえが　他の家系の　血筋なら
　この勝利　快く　受け入れたはず
　だが　これで　別れよう　なかなかおまえ　勇敢な　若者だ
　父親が　別の男で　あったなら…
　(フレデリック公爵、従者達　退場)

スィーリア

　〈ロザリンドに〉私が父で　あったなら
　こんな冷たい　態度など　したかしら?!

オーランド

　ローランドの　子であることが　この僕の　誇りです
　フレデリック　公爵の　跡継ぎに　なったとしても
　絶対に　名前は変える　ことはない

ロザリンド

〈スィーリアに〉私の父は ローランド卿を
自分自身の「心」のように 大切に なさってました
世間の人は みんな父とは 同じ思いで いたのです
この若者が ご子息と 分かっていたら
こんな無謀な 企てに 出るなどは
涙を添えて お止めしたはず

スィーリア

ねえ ロザリンド あの方を褒め 勇気付けて あげましょう
私の父の 不親切とか 嫉妬心 私の胸を 抉(えぐ)るようです
〈オーランドに〉称賛に 値する ご活躍です
恋においても 約束以上 誠を尽くす ようならば
恋人と なられる方は 幸せに なるでしょう

ロザリンド

さあ これを 　(首からネックレスを取り)
素敵なものを 差し上げたいと 思っています
でも 私 幸運に 見捨てられ これ以上 できないのです
スィーリア もう行きましょう

スィーリア

そうですね では さようなら

オーランド

「ありがとう」その一言が なぜ言えないか?!
僕の理性や 礼儀の心 打ち砕かれた

第 1 幕

　　今ここに 立っているのは 槍の標的[15]

　　命を持たぬ 木切れに過ぎぬ

ロザリンド

　　あの人が 呼び止めてるわ

　　私の運が 衰えたように 私のプライド 崩れゆく

　　何の用事か 尋ねてみよう

　　(振り向いて) 何かお呼びに なりました？

　　先ほどは 見事な勝負

　　負かした人は 敵だけじゃ ありません…

スィーリア

　　もう行きましょう ロザリンド

ロザリンド

　　ええ 行くわ さようなら 　(ロザリンド、スィーリア 退場)

オーランド

　　情熱が 僕の口 封じ込めたぞ

　　彼女は僕と 話そうと したけれど 僕は言葉が 出なかった

　　(ル・ボウ 登場)

　　ああ 情けない オーランド

　　チャールズよりも か弱い相手に 圧倒されて

15　中世の馬上の騎士が長い槍を持って敵を刺す練習用の標的（日本で言うなら鎌倉時代に盛んになった流鏑馬［やぶさめ］の標的の方板のようなもの）。

ル・ボウ

　実のとこ あなたを思い 忠告が あるのです
　どうか ここから お立ちください
　高い評価や 拍手喝采 敬愛の 気持ちなど
　受けられる べきだったのが
　公爵は 気分害され
　あなたがされた ことなどを 快く 思っていない
　公爵は 気分にむらが あるのです
　そういうわけで 言外の意味 お汲み取り 頂きたい

オーランド

　それは何より ありがたい
　お伺い 致しますが レスリング 観戦された
　お二人の 女性のどちらが 公爵の 娘さまです？

ル・ボウ

　マナーの点で 申し上げれば
　お二人ともに 公爵さまの 娘では ありません
　でも 実際は 小柄の方(かた)が 娘さまです
　もう一方(ひとかた)は 元公爵の 娘さまです
　フレデリック公爵の 娘さまの 話し相手の 役を担(にな)って
　この場所に 留まって おられます
　お二人の 関係は 姉妹より 深いものです
　でも 近頃は フレデリック 公爵は
　上品な 姪に対して 辛辣(しんらつ)な 態度なのです
　その理由とは 世間の人が ロザリンドさま 褒め称え

善良な 元公爵の 身を憐れむと いうことだけで…
いずれ必ず 公爵の 憎しみが
堰(せき)を切るよう 表面に 現れるのは 明らかなこと
では これで 失礼します
いつの日か もう少し 住み良い世界が 来たのなら
あなたとは もっと親しく お付き合い したいものです

オーランド

あなたには 恩に着ますよ さようなら　（ル・ボウ 退場）
一難去って また一難か⁉
暴虐の 公爵からは 逃れたが
暴虐の 兄のもとへと 戻るとは⁉
だが あのロザリンド 天使のようだ　（退場）

第３場

フレデリック公爵の宮殿の一室

（スィーリア、ロザリンド 登場）

スィーリア

ねえ ロザリンド どうしたの？
なぜずっと 黙っているの⁈
キューピッドにでも お願いしないと いけないの？

ロザリンド

無駄なことなど 言いたくないの
スィーリア
　　あなたの心 分からぬ人に 言っても無駄は よく分かるわよ
　　でも私には 言ってくれても いいんじゃないの？
　　さあ はっきり言って この私を 黙らせてよね
ロザリンド
　　そうなると 二人とも 参ってしまう
　　一人は理性で 雁字搦（がんじがら）めよ
　　もう一人は わけも分からず 気が変になる
スィーリア
　　このことすべて 元公爵の お父さま 思ってのこと？
ロザリンド
　　違うわよ 将来の 私の子の 父親思い こうなったのよ
　　ああ この世には あちらこちらに 茨（いばら）の藪が 茂ってる
スィーリア
　　祭日の お祭りの 浮かれ調子の その際に
　　投げられる イガでしょう[16] 茨じゃないわ
　　踏み馴らされた 小道をいつも 歩かなければ
　　ペチコートの 裾辺（すそあた）り イガが引っ付き 離れない[17]
ロザリンド
　　服に付いてる イガならば 振り落とすこと できますが

16　栗などの実を包むトゲの生えた外皮。
17　見も知らぬレスラーなどと話をしていると道を外すと注意している。

私のものは 心の中に 突き刺さってる
スィーリア
　エヘン[18]という 咳でそれ 出せばいい
ロザリンド
　エヘンと咳をし 彼がここへと 来てくれるなら
　いいのだけれど
スィーリア
　さあ その咳で 恋心など 投げ飛ばしたら いいのだわ
ロザリンド
　いえ それは無理 恋心 私を超えて
　彼に引っ付き 離れない
スィーリア
　あなたには 幸運が 訪れるよう 願っているわ
　フォール[19]にされても 再度アタック したらいい
　冗談は これぐらいにし 真面目な話 しましょうね
　こんなにも 突然に ローランド卿の
　三男に 恋い焦がれるの 本当のこと?!
ロザリンド
　私の父の 公爵も 彼の父親 敬愛されて いたのです
スィーリア
　それだから あなたは息子 愛することに なるのです？

18　原典 "hem"［エヘン］（咳払い）と "hem"（衣服の裾）は同じ発音である。Sh. のしゃれ。
19　レスリングの「フォール」(両肩を同時にマットに付けさせること)。

その論理に 従えば 私は彼を 嫌うべきよね
　　私の父が 彼の父親 とても嫌って いたのですから
　　でも 私 オーランド 嫌ってないわ
ロザリンド
　　お願いよ 彼のこと 嫌わないでね
スィーリア
　　なぜ嫌っては いけないの?!
　　好かれるほどは 価値あることは してないはずよ

（フレデリック公爵、従者達 登場）

ロザリンド
　　価値があるから 恋してるのよ
　　私がそう 思うのだから あなたも彼を 好きになってね
　　あれっ 公爵さまが お見えです
スィーリア
　　怒ってる目を なさってるわよ
フレデリック
　　そこの女よ 身の安全を 思うなら
　　今すぐここを 立ち去るが 良い！
ロザリンド
　　叔父さま それは 私のことです？
フレデリック
　　そうだ おまえだ

40

十日経ち おまえの姿 この館から
20マイル 範囲内にて 見付けたら
即刻 処刑に 致すから 分かったな
ロザリンド
公爵さま 私が犯した どのような 罪や科(とが)
あるのかそれを お教えください
自分自身の ことならば 知っていますし
自分の望み 弁(わきま)えて おりますわ
夢を見たり 狂ったり していないなら
— そうではないと 信じてますが—
敬愛してる 叔父上さま この私 潜在意識の 世界でも
公爵さまの 意に背いたり したことは ありません
フレデリック
謀叛人 みんなが皆(みんな) そう申す
身の潔白が 言葉によって 表されると 言うのなら
謀叛人など 聖者のように 清くなる
おまえなど 信用は しておらん それだけで 充分だ
ロザリンド
疑いだけで 私のことを 謀叛人に 決めることは できません
その証拠 お示しください
フレデリック
おまえなど おまえの父の 娘であろう それがすべてだ
ロザリンド
叔父さまが 父の領地を お取りになった そのときも

私は父の 娘です
　　叔父さまが 父を追放 なさったときも 私は父の 娘です
　　謀叛など 遺伝はしない
　　それがもし 親族から 譲られる ものだとしても
　　それは私に 何ら関係 ございませんわ
　　私の父は 謀叛人では ありません
　　ですから 私 貧しいからと 謀叛に走る ことなどは
　　絶対に ありません
スィーリア
　　お父さま 私が申す 事柄も お聞きください
フレデリック
　　分かっておるぞ スィーリア
　　おまえのために わしはなあ この女 留め置いた
　　そうでなければ この女 父親と共に
　　放浪の旅に 出していた
スィーリア
　　あのときに ロザリンド 残してなどと
　　言った覚えは ありません
　　お父さまの 哀れみと 思いやり お気持ちが
　　そうさせたのです
　　あの頃の 私はとても 幼な過ぎ
　　ロザリンドの 大切さ 分かっては いませんでした
　　でも 今は 分かっています
　　もし ロザリンド 謀叛人なら 私も同じ 謀叛人です

私達 いつも一緒に 寝起きして
　　学ぶのも 遊ぶのも 食べるのも
　　どこに行くのも いつも一緒よ
　　ジュー̇ノ̇の 両翼の 白鳥のように
　　いつもペアで 離れられない

フレデリック
　　おまえには この女の 狡̇猾̇さ 分かっておらぬ
　　見た目には 従順だ その上に 寡̇黙̇であって 忍耐強い
　　そのことで 世間の人に アピールし 同情を 買っておる
　　おまえはな 愚か者だぞ
　　この女 おまえの名声 奪っておるぞ
　　この女 いなくなったら おまえの美徳 賢明さ 際立つだろう
　　だからもう そのことで 口を挟̇むな
　　わしが下した 裁定は 覆̇ったり せぬからな
　　ロザリンド 追放だ！

スィーリア
　　お父さま どうかその 裁定を 私にも お与えください
　　ロザリンド いなくなったら 私は生きて いけません

フレデリック
　　馬鹿なこと 言うでない！ ロザリンド 準備始めろ
　　制限の 時が過ぎれば わしの名誉と 権威に懸けて

20　ローマ神話。ジュピターの妻。Sh. は間違って、愛の女神のヴィーナスの車が2羽の白鳥によって空を飛び渡っていたのに、それをジューノと勘違いした。

おまえの命 ないものと 考えろ!
　　(フレデリック公爵、従者達 退場)
スィーリア
　　ああ かわいそう! ロザリンド
　　どこへ行く? 父親を 取り替える?
　　私の父を あげるから 私以上に 悲しまないで
ロザリンド
　　でも あなた以上に 悲しむ理由 ありますよ
スィーリア
　　そんな理由は あるはずないわ
　　お願いだから 元気を出して
　　あなたには 分かってないの?!
　　公爵が 追放したの 自分の娘 この私もよ
ロザリンド
　　そんなこと 仰って いませんでした
スィーリア
　　違ってた? 言ってなかった?
　　それならば あなたと私 一つだと 教えてくれた
　　愛があなたに 欠けているのよ
　　私達 引き裂かれるの?!
　　別れ別れに なってもいいと 言うのです!?
　　絶対にだめ! 父には別の 跡継ぎを 探してもらう
　　だから一緒に 考えて どうして逃げる
　　どこへ行く 何を持って 行くのかなどを

この激変を 自分一人で 背負い 悲しみ
私には 与えないなど 考えちゃだめ
ほら 空は 私らの 悲しみで 蒼ざめている
あなたが何と 言おうとも 私は共に 行きますからね

ロザリンド

でも どこへ行ったら いいのかしらね

スィーリア

アーデンの森へ 伯父さまを 捜しに行けば…

ロザリンド

ああ そんなこと！ 私達には 危険極まり ないことよ
私達 若い女が そんなに遠く 旅をするなど！
金塊よりも 美貌とは 盗賊を 駆り立てるもの

スィーリア

見すぼらしい 身形(みなり)をし 顔には茶色の 顔料を
塗り付けて 行くことにする
あなただって 同じように すればいいのよ
そうすれば 犯罪者など 寄って来ないし
無事に道中 乗り切れるわよ

ロザリンド

はるかに私 背が高いから 男の衣装に 身を包み
腰に長剣[21] 吊り下げて 右手には 猪槍(いのししやり)[22] を 携(たず)えて

---

21 原典 "curtle-axe" 「刀の幅の広い剣」（闘う剣としても木の伐採にも使用できる森林監督官の剣）。

22 原典 "boar-spear"（猪狩りに用いる槍）。

心の底に 女には 特有の 恐怖心 あるのを隠し
威風堂々 進み行くのは？
見掛け倒しの 臆病な 男の人が よくやる手だわ
スィーリア
男になった あなたのことを 何て呼んだら いいのです？
ロザリンド
ジュピター²³の 従者の名前 ギャニミードは どうかしら？
あなたの名前 どうするの？
スィーリア
境遇に 合った名前が いいと思うわ
スィーリアはだめ エリエイナ²⁴ どうかしら？
ロザリンド
ねえ スィーリア 叔父さまの 宮殿から
あの道化 連れ出すの 良い考えじゃ ないかしら？
道中の 助けになると 思うのよ
スィーリア
道化なら どこまでも 私について 来てくれる
説得は 任せてね
今すぐに 取り掛かり 宝石や 金目の物を 纏めましょう
私が逃げたと 分かったら 必ず追手が 出されるわ
逃げるのに 最適なとき 見付けられない ベストなルート

---
23 ローマ神話。天空神で国家の三主神としての主要な神。
24 原典 "Aliena" [ラテン語]「見知らぬ人, 不慣れな人」の意味。英語では、"alien"。

第1幕

確かめて おきましょう （二人 退場）

オーランド役
（ジョージ・アレクサンダー）

第2幕

第1場

アーデンの森

(元公爵、アミアン、2、3人の貴族 登場)

元公爵

さて 追放の 仲間や友よ
虚飾によって 威厳など 誇示してた 宮廷の 慣わしよりも
こうした暮らし 楽しいものと 思わぬか?
猜疑心 渦巻いてる 宮廷よりも
森のほうが 危険など 少ないと 思わぬか?!
アダム[25]の罪を ここにおいては 身をもって 感じぬか?!
季節の変化 例えて言うと 冬の風 氷の刃で
手には負えない お仕置きを 与えてくれる
わしの体に 吹き付ける その風は 肌を刺し
わしは凍えて 縮み上がって しまうほど
だが わしは 微笑んで あえて言う

---

[25] リンゴを食べて追放となったエデンの園は永久の春であった。アダムの受けた罰の一つは季節の変化であった。

「へつらいで ないのだ」と「自分が どんな 者なのか
身をもって 教えてくれる 教師だ」と
逆境こそが 人間を 成長させる 糧(かて)である
外見は 醜くて 毒を持つ ヒキガエル
内実は 比類なき 宝石だ
我々の この生活は 俗世間の 喧騒(けんそう)逃れ
木々からは 声を聞き せせらぎの 小川には 書物を見て
石からは 神の教えを 万物からは 善や徳 見い出せる

アミアン

公爵こそが 至福の境地に 辿り着かれた 方なのですね
悲痛なる 運命を 穏やかに 甘美なまでに
解釈が できるとは…

元公爵

さあ 鹿狩りにでも 出掛けると 致そうか
人里離れた 鹿の敷地に 侵入し
まだら色した 哀れな鹿の 太った尻を
二股の矢で 射貫いて殺す 殺生に 気が引ける

貴族1

公爵さま 実際に 陰鬱(いんうつ)な ジェイクイーズ
そのことを 嘆いています
鹿狩りの 公爵さまを 追放した フレデリック さまよりも
悪辣な 強奪者(ごうだつしゃ)だと 悲嘆に暮れて いるのです
今日ですが アミアン卿と この私 樫の木の 木陰にて
横になり 休んでる ジェイクイーズの 後ろにこっそり

近付いて 行ったのですが
その樫の木の 古い根が 地面から 飛び出して
流れる小川 激しい音を 立ててる所
狩人(かりうど)の 矢を受けた 溺死の牡鹿 一頭が
群れから離れ 川辺にやって 来たのです
哀れな鹿の 張り裂ける 呻(うめ)き声
自分の皮を 破るかと 思えるほどで
大粒の 涙 次から 次へと その鹿の 鼻先伝い 悲しげに
流れ行き 物憂げな ジェイクイーズに 見詰められ
「鹿の顔に 降る涙 川の水嵩(みかさ)も 増さるべし」と[26]
速い流れの 川辺に立って いたのです

元公爵

ジェイクイーズは 何と言ってた?
その光景を 見た彼は 道徳的な コメントを しただろう

貴族1

仰る通り 次々に 比喩を並べて おりました
まず 豊かな川に 涙を注ぐ 鹿に関して
「哀れな鹿よ おまえの遺産 金持ちどもが するのと同じ
有り余るほど 持てる子孫に
更にまた 与えようと するのだからな」と
そして続けて ビロードの 衣裳着た 仲間から

---

26 「この世の名残り 夜も名残り」と始まる『曽根崎心中』に「二人がなかに降る涙 川の水嵩も 増さるべし」とあるので、それを模した。Ys. のしゃれ心。

取り残されて いることに
「世の常だ 落ちぶれたなら 仲間達 縁遠く なるものだ」と
そのすぐ後に 芝を充分 食べた無情な 鹿の群れ
傷付いた 鹿になど 一顧だにせず 通り過ぎ
ジェイクイーズが 語るには
「さあ 行くが良い 飽食で 脂ぎった 町衆よ
これが世の常 人の常 落ちぶれて 貧しくなった 破算者に
目をかけてやる 謂れなど 何もない」
辛辣な 言葉によって 国や町 宮廷などは 勿論のこと
我々の 生き方にまで 毒突く始末
「我々は どう見ても 強奪者で 独裁者だし
じっくりと 考えたなら それより悪く
野生動物 生活してる 領土蹂躙 するだけでなく
彼ら殺戮 し放題」だと

元公爵

君達は ジェイクイーズ 思索に 耽るままにして
ここに戻って 来たのだな

貴族2

その通りです 涙を流す 鹿を見て
泣きながら 呟いて おりました

元公爵

その場所に 案内致せ
苦々しい 気持ちのときの ジェイクイーズと
語るのは 意義がある

そのときに 深い考え 教えてくれる
貴族 1
では すぐに ご案内 致します

第 2 場

フレデリック公爵の宮殿の一室

（フレデリック公爵、貴族達 登場）

フレデリック
娘らを 誰一人 見なかった？
そんなことなど あるはずがない
この宮廷の 悪党が 密かに謀り
見逃がしてるに 相違ない
貴族 A
私が聞いた 者の中では
お嬢さま 見たという者 誰一人 おりません
部屋付きの 女官ども お嬢さま お休みになるの
見ておりますが 早朝に 見てみると
ベッドの中は 抜け殻と なっていたとの ことですが…
貴族 B
公爵さまが お笑いの 余興にと 頻繁に お使いになる
卑しい道化も 行方不明と なっております

お嬢さまの 付き人の ヒスペリアが 申しますには
ロザリンドさまとの お話を 立ち聞きし
お二人は 筋肉質で 逞しい チャールズを やっつけた
心身共に 立派なレスラー
殊の外 賞賛されて いたとのことで
お二人が どこに行かれて いようとも
きっと その若者が 一緒だと 信じています

フレデリック

あいつの兄の 所へと 人を遣り
そのご立派な 男をここへ 引っ立てろ
もし奴が いなければ その兄を 連れて来い
兄に弟 捜させる 今すぐに やるのだぞ
捜索と 尋問の手は 愚かなこの 逃亡者
捕まえるまで 緩めては ならないぞ！

第3場

オリヴァーの館の前

（別々の方向からオーランド、アダム 登場）

オーランド

誰なんだ？ そこに来るのは

27　原典 "gallant"「勇敢な」。フレデリック公爵の嫌味な言い方。

アダム

　おや これは 若旦那さま

　ああ お優しい 若旦那さま

　ああ ご立派な 若旦那さま

　お父さまの ローランド卿 生き写しで いらっしゃる

　ところで ここで 何をなさって いるのです？

　どうしてあなた そんなに徳が 高いのですか？

　そんなに 好かれたり なさるのか？

　なぜ そんなにも 優しくて 強くて勇気が あるのです？

　気まぐれな 公爵の 賞金稼ぎの レスラーを

　打ち負かすなど 愚かなことを するのです？

　若旦那さまの 評判は ご自身が お帰りに なる前に

　早々と 届いています

　ご存知で ないのです？ 若旦那さま

　人間の 立派さが 時により 自分に対し

　仇_{あだ}を為すと いうことを…

　あなたがそれの 適例ですよ

　若旦那さまの 美徳が ご自分にとり

　穢_{けが}れなき 反逆者に なってるのです

　ああ 何という 世の中でしょう

　良い性質で あることが その本人の 毒になるとは！

オーランド

　おや 一体おまえ どうしたんだい？

アダム

ああ 不幸な方だ 門の中には 入っては なりません
　　屋根の下には あなたの美徳を 羨(うらや)む敵が 潜んでいます
　　お兄さまです— いや 兄などと 言える方ではありません
　　だが 息子さん— いや 息子などと ローランドさまの
　　息子だなどと 言いたくは ありません—
　　その人が あなたの評判 お聞きになって
　　今夜 あなたが お休みになる 小屋を密(ひそ)かに
　　あなたもろとも 焼き払う お積もりですよ
　　もしそれが 失敗すれば また別の 手段を用い
　　あなたのことを 殺害すると 恐ろしい 計画ですぞ
　　あの声で その陰謀が 語られるのを
　　しっかりと この耳で 聞きました
　　こんな所は 人の住む 場所ではないし
　　この家は 殺人鬼の 隠れ家ですよ
　　避けなさい！ 恐れなさい！ 入っては なりません！

オーランド

　　それなら アダム この僕は
　　どこへ行ったら いいんだい？

アダム

　　ここにさえ 入らなければ どこだっていい

オーランド

　　何だって?! どこかに行って 乞食になれと 言うのかい？
　　卑劣な者に 成り下がり 乱暴な剣を 振りかざし
　　公道を 行く者達を 襲って奪い 生きていくのか？

そんなことでも しないのならば 僕には生きる 道がない
でも 何があろうと そんなこと 絶対しない
血に飢えた 邪な兄の悪意に 屈するほうが まだましだ

アダム

そんなこと なさっては なりません
500クラウン ここにあります
ローランドさまが ご主人のとき こつこつと 貯めたものです
手足の自由 利かなくなって
誰からも 見捨てられた 老後のときの 命綱です
どうか これ お持ちください
オオガラスにも 食べ物を 与えし神は
雀にも 施しを 為されました
どうかこの 老人も お労り くださいまし
この中に 金があります このすべて 差し上げましょう
お願いですから この私 召使いとし
お仕えさせて 頂けません？
見掛け確かに 老人ですが 老いてなお 元気です
若い頃 血が騒ぐ 情熱や 反抗心を
燃え立てる 酒には一切 手を付けず
恥ずかしげもなく 道楽に 身を持ち崩す こともなく
それ故に 今も私は 溌剌と しています

---

28 イギリスの銀貨。
29 参考。旧約聖書ヨブ記 38: 41。
30 参考。新約聖書ルカによる福音書 12: 6。

冬の時代で 髪の毛は 霜の色
でもこれで 自然のままで 体はしっかり しています
どうかお供を させてください
若い者には 負けないほどに どんな仕事も こなします

オーランド

ああ アダム 昔気質(かたぎ)の 立派な人だ
昔の人は 奉公のため 汗水垂(た)らし 働いた
報酬目当てで なかったはずだ
おまえなど 今の流儀と 全く違う
今は皆(みな) 出世の為に 働くだけだ
目的が 達成されると 奉公などは お終(しま)いだ
おまえは それと 全く違う
でも 爺や おまえは 枯木に花を
咲かせようと しているようだ
一生懸命 努力したとて 花は咲かない
でも 来るがいい 一緒に行こう
こつこつと 若い頃から 貯めたお金を
使い尽くす までにはきっと 慎(つつ)ましやかな 生活が
送れる目処(めど)は 立てる積もりだ

アダム

若旦那 行きましょう どこまでも お供しますぞ
この息が 続く限りは 真心込めて 忠実に お仕えします
17歳の ときから今の 80歳 近くまで
私はここに 住んでいました

それも今日で 終わりです
17歳なら 出世を求めて 世に出る年頃
80歳では「1週間ほど 遅過ぎる」[31]
だが このわしは ご主人に 忠実な下部(しもべ)として
死ぬことが できるなら それで本望 なのですよ

第4場

アーデンの森

(ロザリンド[偽名ギャニミード]、
　スィーリア[偽名エリエイナ]、タッチストーン 登場)

ロザリンド

ああ ジュピター 私の心 折れそうなのに!

タッチストーン

心なんての どうでもいいや おいらの脚の 骨がもう
折れそうなのに!

ロザリンド

男装の 面目が 丸潰れでも 構わない
もう女とし 泣きたいほどよ
でも 私 か弱い女性 慰めて あげないと

31　原典 "(80歳) is too late a week" は、現在の英語の "too late a day" と同じで、「遅過ぎる」の意味。

男の上衣(うわぎ)と 7 分丈の ズボン姿は
女性が着ける スリップよりも 凛々(りり)しいもので
あるべきだから
ねえ エリエイナ 元気を出して！
スィーリア
お願いだから 私もうダメ 一歩たりとも 歩けない
タッチストーン
わしだって 熊に遭遇 するよりは
あんたに我慢[32]するほうが まだましだ
金もないのに 受難なんかを 背負いたくない
ロザリンド
ねえ ここは アーデンの 森でしょう
タッチストーン
そうなんですな アーデンの森 来るなんて
馬鹿丸出しで 家にいたなら 楽な暮らしが できていたのに
放浪者の身で 文句なんかは 言えないが…

(コリン、シルヴィアス 登場)

ロザリンド
ええ そうよ タッチストーン
あら あそこ 誰かがここに やって来る

---

32 原典 "bear"「我慢する」と「担ぐ」の意味。Sh. のしゃれ。"bear" には「熊」の意味もあるので、「熊」と「我慢する」は Ys. のしゃれ。

若者と 老人が 真剣に 話し合ってる
コリン
　そんなこと してるから 今でもおまえ 馬鹿にされてる
シルヴィアス
　ああ コリン あの娘に対し 俺がどんなに 恋してるのか
　分かってくれりゃ いいんだけれど
コリン
　だいたいのこと 分かってる
　わしだって 惚れたこと あるんだからな
シルヴィアス
　いや コリン 老人の あんたなんかに 分かるわけない
　若い頃 真夜中に 枕の上で 溜め息を つくほども
　惚れたこと あったとしても
　俺の恋ほど 熱烈で あったとは 思えない
　惚れたことで あんたどれほど 愚かなことを したんだね？
コリン
　忘れるほども 何回も
シルヴィアス
　忘れたのなら 真底惚れて ない証拠だよ
　恋愛中の どんな些細な ことまでも
　覚えては いないなら
　本当の 恋愛を したことに ならないね
　それにだな 今 俺が しているように 恋人の 話をし
　聞き手の者を うんざりと させた覚えが ないのなら

それも真面(まとも)な 恋愛を したことがない 証(あかし)だな
それにだな― 今 俺の 情熱が
掻き立てて いるように―
話の途中に プイと立ち去り
消え去って しまったり したことが ないのなら
これも証拠に 挙げられる
ああ フィービー フィービー フィービー！

ロザリンド

何と哀れな 羊飼い！
あなたの傷を 探ってる 間にも 私の傷が 見えてきた

タッチストーン

おいらも同じ ジェーン・スマイル おいらの女
そこへ真夜中 忍び込もうと した男には
剣を石にと 叩き付け へし折って
「こうなりたくは ないのなら 手を引け」と 恫喝したぞ
ジェーンが使う 洗濯物の 叩(はた)き棒
あかぎれの ジェーンの手が 乳を搾った 雌牛の乳首
そんなものにも キスをした
ジェーンの代わりに エンドウの
莢(さや)にもキスを したものだった
エンドウの 莢から豆を 取り出した
ジェーンに俺は 豆二つ
手に取って それを彼女に 涙を流し プレゼントした
「僕のために この豆を 身に付けて」と

真(まこと)の恋を する者は 奇妙な行動 するものだ
この世では あらゆるものは 死に至り
愛のすべては 愚行に走る

ロザリンド

あなたは自分が 思う以上に 賢明なこと 言ってるわ

タッチストーン

おいらは自分 頭いいなど 思うことは ないですな
向(むこ)う脛(ずね) 頭にぶつけて 折れるまでは

ロザリンド

とんでもないわ 羊飼いの 恋心 私のものと 同じだわ

タッチストーン

おいらのものも 同じだよ だいぶ古びて いるけれど

スィーリア

お願いだから あなた達 二人のうちの どちらかが
あそこの人に 尋ねてみてよ
お金の代わり 食べ物を もらえないかと
お腹が減って もう死にそうよ

タッチストーン

〈コリンに〉おい 聞けよ 道化者！

ロザリンド

お黙りなさい 道化はあなた あの人は 道化じゃないわ

コリン

呼んだのは 誰なんだ？

タッチストーン

あんたより 上流の者
コリン
　　そうでなければ 明らかに 下民だな
ロザリンド
　　〈タッチストーンに〉「お黙り」と 言ったでしょう
　　〈コリンに〉やあ こんばんは
コリン
　　こんばんは 旦那さまと 皆さま方
ロザリンド
　　羊飼い 尋ねたいこと あるのだが
　　この娘 長旅の 疲れのために 疲労困憊(こんぱい) してるのだ
　　人里離れた こんな所で
　　休息できて 食べ物を 供する場所は あるのかい？
　　あるのなら 教えてほしい 金(かね)はあるから
コリン
　　正直言って ご同情 致します
　　自分のためと 言うよりは その娘さん 助けるために
　　もう少し ましな身分で あったなら いいのですが…
　　実を申せば この私 雇われの身の 羊飼い
　　自分が世話する 羊の毛でも 刈ったりは できないのです
　　私の主人 ケチな男で 他人(ひと)に対する 親切心を 神に示して
　　天国へ 入れてもらう気 ないのです
　　その上に 主人の小屋も 羊や領地
　　すべてが売りに 出されています

目下のところ 主人は留守で おりません
たいした物は ございませんが
何はともあれ お越しください
心から 皆さまを 歓迎します

ロザリンド

ご主人の 羊らと 牧草地 買う人は 誰ですか？

コリン

先ほど ここで ご覧になった 恋に狂った 若者ですよ
ところが今は 恋に浮かれて 買う気など 無くしています

ロザリンド

筋道が立ち あなたさえ いいのなら
コテッジと 牧草地 羊たち 私らが 資金出すので
買い取って くれません？

スィーリア

あなたへの お手当も 増やしてあげる
この場所が 気に入ったのよ
ここでなら 楽しく時が 過ごせそう

コリン

確かに それは 買い取れますよ
さあ ご一緒に 参りましょう
あなた方 土地や収益 田舎暮らし 条件が 合ったなら
この私 忠実な 召使いにと なりましょう
そして今すぐ あなたのお金で
買い取って あげましょう （一同 退場）

第 5 場

アーデンの森

(アミアン、ジェイクイーズ、その他 登場)

アミアン

 (歌う) 森の木陰に 僕と座って
    小鳥の声に 楽しく合わせ
    歌ってくれる 人あれば
    集い来て 集い来て 集い来て
    敵などは どこにもいない
    ただ あるものは 冬の風 荒れた空

ジェイクイーズ

 さあ もっと 歌っておくれ 頼むから もう少し

アミアン

 ジェイクイーズよ どんどん君を 憂鬱に させていく

ジェイクイーズ

 わしはそれで 満足なんだ
 頼むから もっと歌って くれないか?
 わしはイタチが 卵の中身 吸い取るように
 歌の中から 憂鬱さ 吸い込むんだよ
 さあもっと 歌ってくれよ

アミアン

声の調子が イマイチなんだ
これではとても 楽しめぬはず

ジェイクイーズ

喜ばせろと 言ってない 歌ってくれと 言ってるだけだ
さあ もっと 続く旋律 聞かせてくれよ
そのことを 新語では スタンザ[33]と 言うのかい？

アミアン

お気に召すまま どちらでも 結構ですよ

ジェイクイーズ

そんな呼び名は どうでもいいぞ 気を付けるのは
このわしが 金を貸してる 連中の名だ
音楽の名前など 関心はない 歌っては くれぬのか?!

アミアン

自分のために 歌うのでなく
君のためなら 仕方ない 歌うとするか

ジェイクイーズ

こんな場合に 普通なら 感謝など しないわしだが
君には礼を 言っておく 礼儀とは ２匹の猿が
公道で 出会ったような ものなんだ
ある者が 大仰(おおぎょう)な 感謝の言葉 くれたなら
わしが思うの 小銭を少し 与えただけで

---

33 Sh. の時代、英語の "stanza" ［節、連］に当たる。イタリア語の "stanzo" がイギリスに入って来たばかりの頃。それで、Ys. は「スタンツォ」ではなく、「スタンザ」と訳した。

へつらいの 言葉を返して くるからな
　　さあ 歌だ 歌わぬ者は 黙ってろ
アミアン
　　先ほどの歌 エンディングまで 歌うとしよう
　　では 諸君 食卓の 用意を頼む
　　公爵が 木陰で酒を 嗜(たしな)まれるぞ
　　〈ジェイクイーズに〉公爵は 今日1日中
　　君を捜して おられたぞ
ジェイクイーズ
　　このわしは 今日1日中 公爵を 避けていた
　　公爵の 議論好きには 閉口してる
　　わしだって 公爵と 同じほど
　　多くのことを 思索(しさく)しておる
　　そのことで 天にはわしは 感謝を捧げ
　　自慢したこと ないからな
　　（一同で歌う）　野望を捨てて
　　　　　　　　　太陽の下で 生きようと する者よ
　　　　　　　　　食べ物を 捜し求めて
　　　　　　　　　得たものだけで 喜び感じ
　　　　　　　　　さあ皆(みんな) 集(つど)えよここに ここに集えよ
　　　　　　　　　ここには敵は いないけど
　　　　　　　　　冬空と 荒れた天気が 王さまだ
ジェイクイーズ
　　この曲に 合わせてわしは 昨日 作詩を したんだよ

わしにある 創作力を 罰するためだ[34]

アミアン

それに合わせて 歌ってみよう

ジェイクイーズ

その詩(うた)はこうだ

　　事が一旦(いったん) 起こったならば
　　どんな人でも 馬鹿になる
　　去れよ！ 富と安楽
　　偏屈の なせるがままに
　　アブラカダブラ アブラカダブラ アブラカダブラ[35]
　　わしのもとに 来たならば
　　いずれ自ら 分かるであろう
　　知恵を失くした 者だとな

アミアン

「アブラカダブラ」どういう意味だ？

ジェイクイーズ

ギリシャ語の 呪文だよ

馬鹿どもを 呪いの輪に 閉じ込めて

雁字搦(がんじがら)めに 捕まえる

できるなら 一眠り してみよう

34　ジェイクイーズは詩人などは馬鹿だと思っている。
35　原典 "Ducdame"。意味のない言葉である。「魔法」の意味がある可能性があると、Longman の本に書かれていたので、Ys. は「呪文」を当てはめた。

その後で エジプト生まれの 長男に 毒づいてやる
アミアン
俺は公爵 捜しに行くぞ 宴の用意は 整っている
(別々に一同 退場)

第6場

アーデンの森

(オーランド、アダム 登場)

アダム
若旦那 これ以上 わしには無理だ
もう飢えて 死にそうですよ
ここにこうして 横たわり 墓のサイズを 測ってみます
さようなら 優しい旦那
オーランド
なあ どうしたんだよ?! アダム 勇気を出して
もう少し 生きていて もう少し 気を鎮め
もう少しだけ 元気を出して
不気味な森に 獣(けだもの)が いるのなら
僕が餌食(えじき)に なってしまうか
おまえのために 食べ物として
持って帰るか どちらかだ

死が近いなど 思うのは 体力じゃなく
気力が失せた だけのこと
僕のためだと 思って強く 生きていてくれ
死神を 近付けないで!
僕はすぐ 戻って来るよ
もし僕が 食べ物を 持って帰って 来なかったなら
そのときは 死んでもいいが
戻るのに その前に 死んだなら
僕は絶望 してしまうから
(アダムが弱々しく微笑む) それでいい
少しは元気 出たようだ 急いでここに 戻るから
ああ ここは 吹き曝しだ
雨風の 当たらない 所へと 背負って行くよ
この森に 生き物が 棲んでいるなら
餓死させたりは しないから
さあ アダム 元気を出して (アダムを背負って 退場)

第7場

アーデンの森

([食卓の用意が整っている] 元公爵、アミアン、
貴族達 登場)

第2幕

元公爵
あの男 獣に 変身でも したのかな
人間の 姿では 見当たらないな
貴族 1
たった今 彼はここから 出て行った ところです
ここでは歌に 聴きほれて 朗らかに しておりました
元公爵
不協和音の あの男 音の調べに 魅せられるとは
天空の シンフォニー きっとすぐ 騒音に なるだろう
捜し出し 伝えるのだぞ 話したいこと あるのだと

(ジェイクイーズ 登場)

貴族 1
自分から 来てくれたので 手間が省けて 助かりました
元公爵
おや これは ジェイクイーズ 元気でいたか？
何という 世の中だ おまえに会うのに
友達が 頼み込まねば ならぬとは？
えらく陽気で 楽しげだよな
ジェイクイーズ
道化だよ 道化なんだぞ 森の中で 道化とだから

---

36 原典 "fool"「馬鹿」の意味もある。

道化服着た 道化だぞ！
何と悲惨な 世の中だ⁉
食べ物食べて 生きているのが わしならば
道化を見たの 間違いはない
日向(ひなた)ぼっこを しながら横に なっていて
ご立派な お言葉並べ
運命の 女神のことで 不平たらたら 申しました
道化と分かる まだら服着て 言うことじゃ ありません
「おはよう 道化」と 声を掛けると
道化が言うに「天がわしに 幸運を もたらすまでは
道化なんて 呼ばないで」と
その次に ポケットからは 時計取り出し[37]
虚ろな目で それを見て 賢明なこと 言ったのだ
「今は10時だ このようにして 時の移ろい 感じるものだ
1時間前 9時である 1時間後は 11時である
このように1時間ごと 人間は 成熟し
その後は1時間ごと 老化していく
そこのところに 教訓がある」
時の話で 道化が教えを 垂れるの聞いて
抱腹絶倒(ほうふくぜっとう) してしまったぞ
道化が深い 瞑想に 耽(ふけ)るとは

---

[37] イングランドでは、1540年頃に懐中時計が作られたが、Sh.の時代になっても、まだ一般に普及していなかった。因みに、時計には分針はなかった。

彼の時計で 測ってみても 1 時間 笑いっぱなしだ
ああ 高貴な道化！ 価値ある道化！
まだらの服が よく似合う

元公爵

どんな道化だ？

ジェイクイーズ

貴重な道化！ 宮廷の お抱え道化 だったようです
とても 若くて 美しい 女性なら
そんなこと すぐに分かると 申してました
彼の頭は 航海終えた 保存用
食品の 残り物 さながらに
観察したこと 溜め込んでいて それを小出しに 披露(ひろう)する
このわしも 道化になって まだらの衣装 着けたいものだ

元公爵

衣装一着 贈呈しよう

ジェイクイーズ

欲しいもの 競争ならば
一着の 我がリクエスト[38] それですが
もらうにしても 条件一つ わしが賢者で あるなどと
そんな雑念 捨ててくださる ことですな
道化の地位を 得たならば 好き勝手に 風が吹くよう
このわしが 勝手気儘(きまま)に 毒付く権利 もらいたい

---

38 原典 "suit"「リクエスト」と「服」の二重の意味。Sh. のしゃれ。「一着」［順の一番］と［（一着）の服］。Ys. のしゃれ。

道化の特権 ですからな
わしのジョークが 苦々しくても
笑って過ごす 必要が ありますな
そうしなければ ならない理由？
そんなこと 近くの教会 行くほども 簡単なこと
辛辣な ジョークに耐えて 気にも留めずに 笑ってないと
その者が 馬鹿に見えます
さあ まだらの服を 着せてもらおう
心のままに 話す自由が 与えられれば
病気になった 体を治す 医者のよう
汚染した この世の中を 徹底的に 浄化しましょう
我慢して わしの薬を 飲むのなら…

元公爵

呆れたことを 言う奴だ！
おまえがしたい ことなどは 分かっておるぞ

ジェイクイーズ

良いことの他 何をすると 言うのです?!

元公爵

他人の罪 苛むことで おまえは 罪を 犯すであろう
昔はどうだ⁉ おまえ自身が セックスマニア
動物本能 丸出しで
官能の 悦びに 耽ってたのでは ないのかい？
自分自身が 味わった 炎症を 起こした傷の 膿の毒とか
最悪の 疫病を

第2幕

世間の人に 制限もなく 勝手気儘(きまま)に 撒き散らすのか⁉

ジェイクイーズ
傲慢(ごうまん)な 態度に対し 不平を言って
個人攻撃に なるわけが ありません
驕(おご)れる者は 大海のように 一時的には 膨(ふく)れ上がるが
財力が 無くなれば 潮が引くよう 砂地が見える
わしがもし 都会の女性は 身分に合わぬ
貴族のような 服を着てると 批判をしても
誰が怒って「私のことを！」と 言うでしょう？
着飾った 女など どこにでも いますから
あるいは逆に 身分の低い 男がわしに
「俺の晴れ着は おまえなんかに
買ってもらった 物じゃない！」と
自分のことを 言われたと 勘違いして
自らの 愚かさを 露呈する
ここですよ ここが争点 どうでしょう？
わしの発言 男の心を 傷付けたのか？
わしの言うこと 男の身に 当てはまるなら
悪いのは 彼自身
当てはまらねば わしの指摘は 空を行く 雁のように
迷惑は 誰にもかけて いないのだ
おや 誰だ⁈ そこに来たのは？

（剣を抜いて オーランド 登場）

オーランド

後ろへ下がり それ以上 食べてはだめだ！

ジェイクイーズ

どうしてだ?! まだ何も 食べてない

オーランド

飢えた者 食べるまで 手を付けるのは 許さない

ジェイクイーズ

何とまあ 騒々しい 男が来たな⁉

元公爵

困窮の果て 止(や)むを得ず 大胆なこと してるのか？
それとも 君は マナーなど 弁(わきま)えず
狂暴な 人間なのか？

オーランド

先の質問 的(まと)を射る その通りだ
苦境に陥り 礼儀など 構っている
心にゆとり 無いのだからな
でも僕は 内地育ちで ある程度 教養は 身に付けている
おい 待てと 言っただろう
その果物に 手を付けたなら 命はないぞ
僕の用件 片付くまでは

ジェイクイーズ

理性をもって おまえが対応 しないなら
わしは死なねば ならないな

元公爵

君は一体 欲しいもの 何なんだ？

力ずくより 穏やかに 話すなら

我々も 穏やかに 対応できる

オーランド

飢えで 死にそう なんだから 食べ物を もらいたい

元公爵

ここに座って 食べるがいいぞ 食卓に 歓迎しよう

オーランド

それほども 優しく言って 頂けるのか?!

申し訳 ありません お許しください

森の中では すべてが野獣と 思ってました

そのために 恐喝まがいの 振る舞いを しておりました

あなたがどんな お方なのかは 分かりませんが

このような 人里離れ 鬱蒼とした 木々に隠れて

忍び寄る 時の歩みを 考えず 穏やかに 過ごしておられる

もしもあなたが より良い日々を お過ごしになり

もしもあなたが 信者を招く 教会の鐘

鳴り響く 所にお住まい だったなら

もしもあなたが 善良な 人達の 宴の席に

招かれて いたのなら

もしもあなたが 悲しい涙 拭うこと 体験し

憐れんだ 経験があり 憐れまれたり したのなら

礼儀正しく 振る舞うことを お誓いし

ご厚意に 感謝して 恥じ入って 剣を静かに 収めます
元公爵
　　我々は 確かに 良き日を 過ごしてきたし
　　教会の 鐘の響きに 誘(いざな)われ 礼拝に 行っていた
　　良き人々の 宴会に 出席したし
　　純粋な 憐れみで 涙を拭った こともある
　　だからもう 落ち着いて 座ったら 良い
　　我々に できることで おまえがそれを 求めるのなら
　　尽力しよう
オーランド
　　では ほんのしばらく 食べ物は
　　このままに しておいて 頂けません？
　　その間 母鹿のように
　　小鹿を見付け 食べ物を 与えなければ なりません
　　実は 哀れな 老人が おりまして
　　私のことを 真から思い
　　長い旅路を 疲れた足で ここまで 付いて 来てくれました
　　老齢と 飢えという 二重苦に 苛(さいな)まれてる 老人に
　　食べ物を 与えるまでは 手を付けることは できません
元公爵
　　さあ 行って その者を 見付けて参れ
　　それまでは 食べ物に 手を付けぬから
オーランド
　　ありがとう ございます そのお心に 神様の 祝福を！

（退場）

元公爵

見ただろう 不幸な者は 我々だけで ないというのを…
この広大な 世界という 劇場で
我々が 演じるよりは さらに悲惨な 野外劇が
上演されて いるのだからな

ジェイクイーズ

全世界とは 一つの舞台
すべての人は 単なる役者
そのそれぞれに 登場があり 退場がある
舞台に立てば 一人でいても 多くの役を 演じ分ける
七幕で 七つの時代
まず最初 幼少期 乳母の腕に 抱かれて
泣き喚いたり 吐いたりと
その次は 愚痴などこぼす 学童期
通学鞄を 肩から下げて 顔に朝日を 浴びながら
学校嫌いで 歩く速度は 蝸牛
その次は 青春時代
恋する女性の 美しさ 褒めそやす ラブソング書き
燃え上がり 溜め息をつく
その次は 兵役時代
派手な誓いを 口走り 豹のような 髭を生やして
名誉欲に 取り憑かれ 喧嘩早くて
砲筒の 筒先きを 向けられようと

泡のように 消える名誉に 命を懸ける

その次は 中年時代

賄賂(わいろ)にと もらった鶏を どっさり食べて 太鼓腹

厳めしい 顔付きで 髭などは 型通り 切り込んで

日常の 事柄に 格言用いて 説教し 自分の役を 演じきる

その次の 第六幕は 老齢時代

サンダル履いて 鼻には眼鏡 腰には財布 ぶら下げて

若い頃に 作ったズボン 大事に取って おいたのが

痩せ衰えた 脚に似合わず 幅は広過ぎ

男らしい声 それも今では 子供の声に 逆戻り

喉から出る音 喉笛通る 漏れた音

最後の幕は 第七幕で 波乱万丈(はらんばんじょう) 人生の 終活期

2回目の 子供時代で 忘却時代

歯は無くて 目は見えなくて 味は分からず 何も無い

「三途」の川も もう近い[39]

(アダムを背負ったオーランド 登場)

元公爵

待っておったぞ 尊敬に 値する その人降ろし

---

39 原点 "Sans teeth, sands eyes, sands taste, sands everything."［sands＝without（〜なしで）］。この作品の有名な台詞なので、Ys. は「三途」を使って人の命の段階を統括し、終焉を表した。Sh. の台詞にないが、Sh. の意図に沿っている。

食べさせて あげなさい
オーランド
　彼に代わって 感謝の気持ち 述べさせて 頂きます
アダム
　〈オーランドに〉それは助かる
　〈元公爵に〉自分でお礼 述べる力が ありません
元公爵
　歓迎致す 食べ出してくれ
　まだ君達の 身の上を 尋ねたりして
　煩わしい 思いなど させたくはない
　さあ 音楽だ アミアン 少し 歌っては くれないか？
アミアン
　（歌う）吹けよ 吹け 冬の風
　　　　　恩知らずの 人間ほどは 不親切では ないはずだ
　　　　　おまえの牙は 鋭くはない
　　　　　どうしてかって？ おまえの姿 見えないからだ
　　　　　おまえの息は 荒々しいが
　　　　　ヘイホウ 歌えよ歌え ヘイホウと
　　　　　緑色した ヒイラギの木に ヘイホウと
　　　　　ほとんどの 友情は 偽物で
　　　　　ほとんどの 恋愛は 愚劣な行為
　　　　　だから ヘイホウ ヒイラギの木に
　　　　　この暮らし 楽しいものだ
　　　　　凍れよ凍れ 身を刺す空よ

恩を忘れる 人ほどは
おまえは心を 刺したりしない
水は形を 変えたりするが
友が友情 忘れるほどは
水は心に 鋭くは 刺さらない
ヘイホウ 歌えよヘイホウ
緑色の ヒイラギの木に ヘイホウと
友情なんて ほとんどは 偽物で
恋愛なんて ほとんどは 愚劣な行為
それだから ヘイホウ ヘイホウ
こんな生活 最も愉快

元公爵

君がもし 善良な ローランド卿の 息子なら
— 自ら言った 言葉には 嘘があるとは 思えない—
わしの目に 彼特有の 肖像画 君の中に 見て取れる
心から 歓迎致す
このわしは ローランドとは 親しい仲で あったのだ
君に起こった 出来事の 一部始終を
洞窟で 聞かせてもらう
善良な 老人よ 主人同様 おまえも歓迎 するからな
老人に 誰か腕を 貸してやれ
〈オーランドに〉 さあ 握手をしよう
ゆっくりと この後で 話を聞こう
(一同 退場)

スィーリア役
（レティス・フェアファックス）

第３幕

第１場

フレデリック公爵の宮殿の一室

（フレデリック公爵、貴族達、
　従者に囲まれたオリヴァー　登場）

フレデリック

あのとき以来 奴の顔 見掛けぬと?!
そんなことなど あり得ない
わしがこれほど 慈悲深い 人間でなかったら
ここにはおらぬ 奴より先に
目の前にいる おまえを直ちに 処罰して いただろう
覚悟してろよ 弟が どこにいようと 捜し出せ
ロウソクを 灯しても 隈無く捜せ
生きていようが 死んでいようが 引っ立てろ
１年以内に 捕まえて 来なければ
我が領内に 住むことを 禁じるぞ
おまえの土地や 自分の物と 思ってる 所有物
没収の 価値があると わしが思えば

強制的に わしの物に 致すから
弟の 証言により おまえが 無実と
証明されねば ならぬから
オリヴァー
ああ 公爵さま このことで 私の意図を
理解して 頂けたなら…
ただの一度も 弟を 大事だと 思ったことは ありません
フレデリック
思った以上に 悪党だ！
〈従者に〉こいつを 外に 放り出せ！
関連の 係の役人 派遣して
こいつの家屋 土地などを 没収致せ！
今すぐに 執行しろよ この男 追放だ！　（一同 退場）

第２場

アーデンの森

（紙切れを手に持ったオーランド 登場）

オーランド
僕の詩よ 僕の愛の 証人として
その木にじっと ぶら下がって いておくれ

ああ 月よ 三冠戴く 夜の女王[40]
清純な目で 青白き 天空から
僕の命を 揺り動かせる 狩人(かりゅうど)の 女神の君は
ロザリンド！
この木々に 証拠とし その皮に 僕の想いを 書き記(しる)す
この森に来る あらゆる人が
至る所で 君の美徳を 見ることになる
走れ 走れ オーランド
すべての木々に 彫(ほ)り込むんだぞ
美しく 穢(けが)れ無き 筆舌に 尽くせぬほどの
完璧な ロザリンド！ （退場）

（コリン、タッチストーン 登場）

コリン

どうですか？ 羊飼いの この暮らし？
タッチストーンさん

タッチストーン

羊飼いの おまえさん これはなかなか 良い暮らし
だが それが 羊飼いだと いう点で 良くはない
人付き合いを しなくていいし 気に入った
だが 一人だけでは 気が滅(めい)入る

---
40 ギリシャ・ローマ神話で、月の女神ダイアナは三冠の女王：天空の女王、黄泉(よみ)の女王、地上の狩りの女王。

草原の 生活は 気が晴れる
　　だが 宮廷で ないというので 気が晴れぬ
　　質素な暮らし 気質には 合っている
　　だが 飽食でない 暮らし振り 体質に 合ってない
　　あんたに何か 人生の
　　教えのような 考えはあるのかい？
コリン
　　たいしたことじゃ ありませんけど
　　人というもの 体調が 悪化したなら
　　それにつれ ますます気分 落ち込んでいく
　　金はなく 得る手段なく 満足も ないのなら
　　三人の 良き友を 失くしたことに 匹敵する
　　雨の特質 濡らすこと 火の役目 燃やすこと
　　牧草が 良質ならば 羊は太る
　　夜である 最大理由 太陽が 空にないこと
　　生まれつきか 修業の仕方
　　どちらのせいか 分かりませんが
　　知恵が足りない 者がいたなら 躾が悪いか 血筋が悪い
タッチストーン
　　こういう者こそ 天然の馬鹿 いや 科学者だ[41]
　　宮廷に 入ったことは あるのかね？
コリン

41　原典 "natural scientist" 16世紀のイングランドの「科学者」の呼び名。また、"natural" には「天然の馬鹿」の意味がある。

いえ 絶対に
タッチストーン
　それなら あんた 地獄落ち
コリン
　そんなこと ないでしょう
タッチストーン
　それなら あんたはきっと 地獄行き
　片方だけが 焼けている 卵と同じ
コリン
　宮廷に 入ったことが ないからと?!
　その理由 何ですか？
タッチストーン
　よく聞けよ 宮廷に 入ったことが ないのなら
　礼儀作法の 経験が ないだろう
　無いならば 礼儀正しい わけがない
　正しくないこと 悪いこと 悪いことなど 罪である
　罪を犯せば 地獄行き
　あんたは今は その瀬戸際に 立たされている
コリン
　とんでもないよ 道化さん
　宮廷の 礼儀作法は 田舎では 滑稽だ
　田舎の 礼儀が 宮廷で 滑稽なのと 同じだね
　宮廷で 挨拶として 手にキスを すると今 言いましたよね

宮廷の人 羊飼いなら その礼儀 汚くは ないのです？
タッチストーン

証拠でも あるのかい？ あるのなら 手短に 言ってくれ
コリン

俺達は ずっと羊に 触れていて

羊の皮は 脂(あぶら)ぎってる わけですよ
タッチストーン

何かね それは 宮廷の者達は

汗はかかない そう言うのかい？

羊の脂は 人間の 汗ほどは 衛生的で ないのかい？

浅はかな 理論だな 納得できる 証拠は何か ないのかね？
コリン

その上に 羊飼いの手 硬いときてる
タッチストーン

硬ければ 硬いほど 唇は 早くそれ 感じるものだ

浅はかな 証拠立てだな

もっと良い 理由は何か ないのかい？ さあ 言ってみろ
コリン

俺達の手は 羊の傷の 手当てにと

頻繁に タール塗るので

タールにキスを することになる

そんなこと したいです？

宮廷の 人の手は 麝香(じゃこう)[42] の香り するのでしょう

タッチストーン

浅はかさ 最高潮に 達したな

上等の ステーキと 比較したなら あんたのは 腐れ肉だな

賢い人の 話を聞いて じっくりと 考えりゃいい

麝香など タールより 卑しい生まれ

変わった猫の 分泌液で 作られた 物だから

真面(まとも)なことを 言いたまえ

コリン

宮廷風の ウイット使う あんたには

ついて行けねえ お手上げだ

タッチストーン

では 地獄落ちして 安楽死かい？

ああ 神よ 浅はかな この男 お救いを！

神の手で 切開手術が 必要ですな

あんたまだ 無教養 過ぎですぞ

コリン

この俺は 根っからの 労働者

食べる物 自分で稼ぐ 着る物は 自分で作る

誰からも 憎まれず 他人(ひと)の幸せ 妬まない

---

42 ジャコウは雄のジャコウ鹿にある香嚢(こうのう)[ジャコウ腺]から得られる分泌液を乾燥させたもので、香料や薬として用いられた。ジャコウ猫（ハクビシンとも呼ばれる）からも、類似したものが採られた。

> 他人の喜び 共に喜び
> わしの苦難は しっかりと 受け止める
> 雌羊が 草を食み 子羊が 乳を吸うのを 見るだけで
> このわしは 大満足で いるのだからな

タッチストーン

> それはまた あんたには 罪作りだな
> 雄羊と 雌羊を 一緒にし
> 子を生ませ それで生計 立てるなど
> ― 羊の群れの リーダーに
> 若い雌羊 与えると 言っておき
> 老いぼれを 与えるなどは― 感心できん
> これであんたが 地獄落ちにと ならないのなら
> 羊飼いを 悪魔が受け入れ 拒否しているに 違いない
> そうでないなら あんたが地獄に
> 行かないわけが 分からない

コリン

> エリエイナさまの お兄さまで 若主人
> ギャニミードさまが 来られます

(紙切れを読みながらロザリンド 登場)

ロザリンド

> 東から 西インド
> 比類なき 宝石の ロザリンド

彼女の評判 風に乗り
　　ロザリンドの名 世界中の 紙面に載り
　　美しい 彼女の姿 絵になれば
　　他(ほか)の女性の 絵姿などは 価値を失う
　　我が心 歌うのは ロザリンド
　　我が幸せを もたらすのは ロザリンド
タッチストーン
　　詩を作るのに そんな韻なら
　　昼食時間 夕食時間 睡眠時間 別にして
　　8年間 作り続けて いることも できますな
　　市場にバター 売りに行く 女どもの 列みたいにな
ロザリンド
　　少し静かに しておいて
タッチストーン
　　一つだけ 例を示して あげましょう
　　　　雄羊が雌羊を 求めたら
　　　　雄羊よ 探すのは ロザリンド
　　　　雄猫が 雌猫を 求めたら
　　　　任せておきな ロザリンド
　　　　冬服を 仕立てるのなら 裏地が要るよ
　　　　そこで登場 スリム自慢の ロザリンド
　　　　収穫に 小麦を集め 束にして
　　　　荷車に 積み込む者は ロザリンド
　　　　甘いナッツに 堅い殻

そんなナッツが ロザリンド
　　　甘い香りの バラの花 見付けた男
　　　棘(とげ)に刺さって 見た女 ロザリンド
　　こういう詩形 浮かれ調子の ギャロップ形式[43]
　　どうしてあなた こんなものに 心を引かれて いるのです

ロザリンド

　　お黙りなさい 木に吊るされて いたのです

タッチストーン

　　ここには変な 実の生る木が あるようですな

ロザリンド

　　その木にあなた 接木(つぎき)[44]して その先に 西洋かりん[45] 接木する
　　そうすれば 国中で
　　一番早く 実が生る木に なるでしょう
　　あなたなんかは 中途半端に 腐ってしまう
　　それがその 西洋かりんの 特性でしょう

タッチストーン

　　見事にわしは やられましたな
　　でも その熟成度 この森の 審判を 仰(あお)ぎましょうか

43　馬が一歩ごとに4脚とも地上から離れる最速の走り方。
44　原典 同音異義語の "you" と "yew"「イチイの木」。Sh. のしゃれ。
45　原典 "medlar"（西洋かりん）と "meddler"（おせっかいを焼く人）の二重の意味。Sh. のしゃれ。因みに、西洋かりんは熟すとすぐに腐ってしまう。

(別の紙切れを持ったスィーリア　登場)

ロザリンド

　お静かに！
　妹が　紙を持ち　読みながら　やって来る　隠れてましょう

スィーリア

　(読む)　どうしてここは　不毛の地？
　　　　誰一人　住んでないから？　いや　違う
　　　　あらゆる木々に　示した枝折(しおり)[46]
　　　　人の世の　道標(みちしるべ)
　　　　ある者は　言うだろう　人の世は　短くて
　　　　巡礼の旅　道を間違え　走るようだし
　　　　全行程が　年の数で　綴(と)じられている
　　　　ある者は　言うだろう　約束だって　破られる
　　　　友人と　友人の　間でさえも
　　　　でも　僕は　美しい　枝の上
　　　　使う言葉の　締め括(くく)り
　　　　「ロザリンド」の名　印(しる)すのだ
　　　　読む者皆(みな)に　知らせるために
　　　　神様は　人間の　魂の　エッセンス
　　　　小さき者の　中にこそ　お示しになる
　　　　自然の中の　あらゆる美徳を　蒸留し

46　山道や森の中で木の枝を折り、帰りの道しるべとすること。

一つの体に 体現させる
　　　ヘレナなら 心でなくて その顔で
　　　クレオパトラは 壮麗さ
　　　アタランタ[47]なら 足の速さを
　　　悲しげな ルークリースは 貞節を
　　　神々が 相談されて
　　　ロザリンド その一人にと
　　　美徳終結 なさった上で
　　　顔形 瞳や心 最高のもの お与えになった
　　　それを天が 願われたのだ
　　　この僕は ロザリンドの 下部とし
　　　生涯を 送るのだ

ロザリンド

　ああ 心優しい 説教師さん 恋愛の つまらない 説教で
　教区の信者の 方々は うんざりされて いたでしょう
　それに最初に「ご清聴 願います」
　その一言も なかったですね

スィーリア

　どういうことよ！ 人の後ろに いるなんて
　羊飼いさん 少しあちらに 行っていて
　〈タッチストーンに〉あなたも一緒に さあ早く

タッチストーン

47　ギリシャ神話。狩りの英雄（女性）。俊足であった。

さあ 羊飼い殿 名誉ある 撤退だ
大鞄では ないけれど 肩掛け袋で 退散だ
(タッチストーン、コリン 退場)
スィーリア
今の詩を 聞いてたの？
ロザリンド
ええ みんな 聞いてたわ それ以上かも しれないし
詩の１行に 長過ぎる 言葉の羅列(られつ)
スィーリア
たいしたことじゃ ないでしょう
長くても 詩には変わりは ないでしょう
ロザリンド
でも 脚韻(きゃくいん)が 不揃いならば
詩の形式じゃ ないのですから
詩としては 不適格でしょ
スィーリア
驚かないの?! あなたの名前 木にぶら下がり
木に直接に 彫り込まれたり してるのよ！
ロザリンド
あなたがここに 来る前に もう私 驚き詰めよ
ほら これを見て
ヤシの木に 掛けてあるのを 見付けたの

ピタゴラス[48]の 時代から 今の今まで こんなにも
詩の中で 謳(うた)われたこと 一度もないわ
覚えては いないけど この私
アイルランドの ネズミ[49]でいたのかも しれないわ

スィーリア

誰がしたのか 知ってるの?

ロザリンド

男性かしら?

スィーリア

あなたが以前 付けていた ネックレスを今 付けている人
あら あなた 赤面してる

ロザリンド

一体それは 誰のこと?

スィーリア

ああ 神よ 友と友とが 出会うのは
どうしてこんなに 難しい ことなのでしょう!
でも 地震によって 二つの山が 一つになると
いうことも ありますからね

ロザリンド

---

[48] ギリシャの哲学者。輪廻転生説を唱えた。因みに、ピタゴラスの定理でも有名な数学者でもあった。
[49] アイルランドの聖者である聖パトリック(魔法使い?)が呪文で、蛇を退治し、それで今でもアイルランドには蛇は棲息していない。Sh. は蛇をネズミと勘違いした?

そんなことより それは誰なの?
スィーリア
まさかあなたに 分からないとは?!
ロザリンド
分からない だからお願い 誰なのか 教えてよ
スィーリア
不思議なことよ 不思議過ぎ
素敵なほどに 不思議よ不思議
繰り返しても その不思議さは 言葉には ならないわ
ロザリンド
ああ 私の頬が 火照(ほて)ってる 今は男装 してるけど
心の中も 男になったと 思ってる?
南洋の 探検に 出掛けたように
ほんの少しの 遅れでも 待てないのよね
お願いよ 早く 今すぐ 言ってよね 誰なのか
口ごもったら いいかもね
ワインボトルの 細い口から 一気にどっと 流れ出る
あるいは何も 出やしない
さあ 秘密の人を 注ぎ出してよ
あなたの口から コルクを抜いて
あなたの知らせ 飲み込ませてよ
スィーリア
お腹の中に 男の人を 飲み込むのよね
ロザリンド

神様が お創りになった 人でしょう？
どんな人なの？ 帽子が似合う 頭なの？
髭が似合う 顎なのですか？
スィーリア
髭ならば ほんのちょっぴり 生えている
ロザリンド
その人に 感謝の気持ち あるのなら
神様が 髭を沢山 くださるわ
髭が伸びるの 待つことは できますわ
でも 誰の 顎に生えるか その人の名を 教えてよ
スィーリア
あの若い オーランドよ レスラーを ひっくり返し
あなたの心も 同時にね
ロザリンド
からかうのなら やめにして
誠実な 女性なら 真面目に言って くれません？
スィーリア
真面目に言って あの人なのよ
ロザリンド
オーランド?!
スィーリア
そう オーランド なんだから
ロザリンド
どうしたらいい？ 私の上着 七分丈の ズボンなど？

あなたが彼を 見たときは 何をして いらっしゃったの？
何か一言 仰っていた？ どのような ご様子で？
どんな服装 していたの？ どうしてここに 来ていたの？
私のことを 何か聞かれた？
今どこに いらっしゃるの？ 別れ際は どうだった？
今度出会うの いつになる？ 一言で 答えてね

スィーリア

巨人で大食い ガーガンチュアの[50]
口を借りて 来なくてはね
今の時代の 人間の 口のサイズじゃ 到底無理よ
一つ一つの 質問に「Yes」とか「No」とかで
答えるだけで 教義問答 答えるよりも 難しい

ロザリンド

でも 彼は 私が森に いることや
男装してる ことなどを 知ってるの？
レスリング したときと 同じほど あの人は 元気なの？

スィーリア

恋する人の 質問に 答えるよりは
埃の数を 数えるほうが まだ簡単ね
どうやって 私が彼を 見付けたか 話すので
聞き漏らさずに 聞いてよね
見付けたの 木の下よ

---

50 昔々のフランスの物語。ガーガンチュアの口は大きくて、一度に５人の巡礼者を飲み込んだとされている。

落ちたばかりの　ドングリのように　休んでいたわ
ロザリンド
　そのような　実を落とすなら
　ジョウブの木と　言われても　頷けるわね
スィーリア
　ご清聴　お願いします　そこにいる　ご令嬢さま
ロザリンド
　どうか話を　続けてよ
スィーリア
　あの方は　傷付いた　騎士のように
　横たわって　いたのです
ロザリンド
　そのような　光景を　目の当たりに　するのって
　哀れだけれど　大地には　お似合いね
スィーリア
　「ほら　ほら」お口　開けないで！
　タイミング　外して口が　飛び跳ねている
　あの方は　ハンターの　お姿でした
ロザリンド
　ああ　致命的だわ　私の心　射抜こうとして
スィーリア

51　ローマ神話。最高神（ジュピターと同じ）。
52　原典 "holla"「ホラ」は走っている馬を制止させるときの掛け声。
53　原典 "heart" 同音異義語として "hart"「馬鹿」。Sh. のしゃれ。

歌う私の 邪魔をしないで 調子が狂って しまうから
ロザリンド
　私が女と いうことを 忘れたの？
　思ったことは 口に出さずに いられないのよ
　さあ 先を続けて
スィーリア
　私の話 途切れ途切れに なってしまうわ
　あっ！ お静かに あの人が やって来たのよ
ロザリンド
　オーランドだわ！ 下がって隠れ
　こっそり様子 窺いましょう

（オーランド、ジェイクイーズ 登場）

ジェイクイーズ
　ご同行 感謝しています
　でも 内実は 一人のほうが 良かったのかも
オーランド
　実は私も そうでした でも 礼儀上 言っておきます
　ご一緒させて 頂いて 感謝してます
ジェイクイーズ
　では さようなら
　できるだけ 会わないように 致しましょう
オーランド

できるだけ 見知らぬ仲で いたいものです
ジェイクイーズ
　頼むから もう二度と 木の幹に ラブソングなど
　書き連ね 木を痛めたり せぬように
オーランド
　頼みますから 私の詩 意図的に 誤読して
　穢^{けが}さないよう お願いします

※ルビ: 穢(けが)

ジェイクイーズ
　ロザリンドとは 恋人の お名前ですな
オーランド
　はい その通りです
ジェイクイーズ
　その名前 気に食わぬ
オーランド
　洗礼を 授けたときに
　彼女の親は あなたにだけは 気に入って もらおうと
　いう気全く なかったのです
ジェイクイーズ
　背の高さ どれくらい？
オーランド
　ちょうどここ 胸[54]のあたりで
ジェイクイーズ

54　原典 "heart"「（身体的な）胸」と「心」。Sh. のしゃれ。

103

気の利いた 答え方だな
金細工師の 奥さん達と 知り合って
指輪の銘を 覚え込んだに 違いない

オーランド
あり得ない お話ですね
私がしたの 旅館の壁に 掛かってる 布の絵を 思い出し
答えたまでで あなたがそこに ヒントを得て
質問された からでしょう

ジェイクイーズ
君の頭に 頓智の才が あるようだ
その頭 俊足の アタランタの 踵(かかと)から
作られた ようですな
どうだろう 一緒に座り「世間」という名の 女主人や
我々の 不幸に対し がなり立てよう

オーランド
世間の内の 誰一人 責めようなどと 思っては おりません
責めるなら 自分一人を 責めますね
欠点だらけの 人間ですから

ジェイクイーズ
最悪の欠点は 恋に落ちたと いうことだ

オーランド
その欠点は 最高の あなたの美徳と
交換したく ないですね
あなたの相手は もううんざりだ

ジェイクイーズ

　実際 わしも 道化を捜して いたところ

　君と出会った だけのこと

オーランド

　道化なら 小川で溺(おぼ)れて いるはずですよ

　水の中 覗(のぞ)いて 見れば 分かるでしょう

ジェイクイーズ

　そこに見えるの わしの顔

オーランド

　道化の馬鹿か 価値などゼロの 人間ですね

ジェイクイーズ

　もう一緒には いられない では さようなら 恋愛殿よ

オーランド

　お別れできて 光栄だ Good-bye 鬱病(うつびょう)さま[55]

　(ジェイクイーズ 退場)

ロザリンド

　〈スィーリアに〉あの人に 生意気な 従僕の 振りをして

　話しかけ この男装の 助けを借りて からかってみる

　あの そこの 森林の 番人の方

オーランド

　はい 何か 御用でしょうか？

ロザリンド

55　原典 "adieu"（[仏語] アデュー）「さようなら」の意味。

お聞きしますが 今 何時です？
オーランド
一日の どのあたりかを お聞きください
森の中には 時計など ありません
ロザリンド
森の中には 真(まこと)の恋を する人は いないのですか？
一分ごとに 溜め息をつき 一時間ごと 呻(うめ)いていれば
時計なくても 時のスローな 進み方など 分かるはずです
オーランド
時が経つのが 早くないのは なぜですか？
早いのが 普通だと 思うのですが
ロザリンド
いや それは 間違っている
時というもの 人それぞれに 進み方 違うものです
ある者に ゆっくりと ある者に 急ぎ足
ある者に 高速で またある者に 停止状態
オーランド
では 急ぎ足なら どんな人？
ロザリンド
婚約の日から 結婚式が 正式に
挙行される 当日までの 娘達
実際 時は 七日(なのか)でも 進むペースが 早過ぎて
七年も 過ぎたかと 思えてしまう
オーランド

ゆっくりと 進む人とは？
ロザリンド
ラテン語を 知らない牧師と
痛風を 患ってない 金持ちですね
前者など 学習能力 欠落し 眠ってばかり
後者ときたら 痛み知らずで 愉快に暮らす
前者など 知識得る 骨折り損の 無駄仕事から
解き放たれて
後者など 貧困という 辛い重荷を 背負わずに
生きているので 時はゆっくり 進みます
オーランド
高速で 行く人は？
ロザリンド
絞首刑台に 向かってる 泥棒ですね
どんなにゆっくり 歩こうと
処刑場まで 時の流れは 高速でしょう
オーランド
時が停止 する人は？
ロザリンド
休廷中の 弁護士ですね 閉廷の 間には 眠って過ごす
それだから 時が経つのを 感じない
オーランド
ところで君は どこに住んで いるのです？
ロザリンド

これは妹 羊飼いを しています
　　住んでいるのは 婦人服で 言うのなら
　　裾辺り 森の端です
オーランド
　　この辺りの 生まれです？
ロザリンド
　　あなたがここで 見掛ける兎 同様に
　　ここで生まれた ようなもの
オーランド
　　君の言葉は こんな田舎の 人が使う ものよりも
　　際立って 洗練されて いるのはなぜで…？
ロザリンド
　　多くの人に そのように 言われます
　　実を言うなら 宗教に 凝り固まって
　　隠遁者かと 思われる 年老いた 私の伯父が
　　言葉遣いを 教えてくれた
　　若い頃 伯父は都会に 住んでいて
　　宮廷のこと 恋愛のこと 精通して いたのです
　　恋愛の 教訓は よく聞かされて おりましたので
　　女として 生まれなかった ことに感謝を しているのです
　　伯父が常々 批判した 衝動的な 女性特有の 性情を
　　持って生まれる 罪からは 逃れることが できたのだから
オーランド
　　伯父さんが 批判した 女性の性情

第 3 幕

　その代表は どんなもの？
ロザリンド

　代表なんて そんなもの なかったですね
　みんなそれぞれ 似たり寄ったり
　ある・性・情が 悍ましく 思えても
　次の・性・情 現れると それもまた
　負けず劣らず 悍ましい
オーランド

　頼むから その幾つかを 言ってください
ロザリンド

　それはだめです 症状が出て
　・正・常 で 無くなった 人にだけしか 私は薬を 処方はしない[56]
　森に近頃 変な男が 出没します
　木の皮に「ロザリンド」と 彫り込んで
　若木に傷を 付けていて
　サンザシの木に 愛の詩掛け 野バラには 哀歌の詩を[57]
　実際に あちらこちらに
　ロザリンド 神格化 するかのように
　僕がもし その「愛好家」に 出会ったら[58]
　良い処方箋 書いてあげます

---

56 「性情」と「正常」。Ys. のしゃれ。Sh. の文脈からはそれほど逸れてはいない。
57 花言葉は「希望／いちずな恋」。
58 原典 "fancy-monger"「空想を商うディーラー」。

その人物は「恋熱」という 一日に 何度でも
発熱すると いう病に 冒されている

オーランド

恋の病に 冒されて いる男 それは僕です
お願いだから 君の言う 治療方法 教えてほしい

ロザリンド

伯父に習った その兆候が あなたには 見られませんね
恋の虜に なってる人の 見分け方 教わりました
藁で作った 獄舎にいても
あなたなど 囚人じゃ ありません

オーランド

では その症状は？

ロザリンド

痩せこけた頬 あなたには 見当たりません
落ち込んで 目の縁に 膜が出来たり してません
鬱になり 話さない これでもないし
髭などは 生え放題と これも違うし
でも 未成年なら 財産が ないように
髭だって まだ充分に 生えてない
病人ならば ロングソックス 垂れ下がり
帽子にも リボンは付けず
袖のボタンは 外れたままで
靴の紐 解けたままで
身に付ける ものすべて 惨めたらしく だらしない

でも あなた 全く違う
その端正な 身だしなみ
誰かにあなた 恋してるなど あり得ない
あなたは あなた自身に 恋してるのだ
オーランド
ああ せめて君には 信じてほしい
ロザリンド
この私に 信じろだって？
あなたが愛する 女性のほうが
簡単に 信じてくれるに 違いない
口に出しては 言わないが
女など 信じたがって いるものだ
女はいつも 秘密の心を ベールで覆う 習性がある
でも 本当に あなたでしたか？ ロザリンドを 褒め称え
それを詩にして 木に掛けていた 張本人は
オーランド
ロザリンドの 白い手に懸け 誓います
その不幸な男 僕なのですよ
ロザリンド
あの詩のように 本当に 心から 愛してるのか？
オーランド
詩にしても 理性的な 言葉でも
この僕の 愛する気持ち 表せるとは 思えない
ロザリンド

愛なんて 狂気の沙汰だ 狂人に 適してるのは
暗室と 鞭打ちの罰
愛する人が 罰を受けず 治らないのは
狂気というもの ありふれて きているし
鞭打つ人も 恋に落ちてる
だから私は アドバイス 与えることで 治そうと してるのだ

オーランド

今までに 治したことは あるのです？

ロザリンド

はい 一人だけ このやり方で
それはだね 私のこと 恋人と 思うようにと 言ったのだ
そして毎日 私に対し
愛の言葉を 囁くように 仕向けたんだよ
それに対して 月のように 気分屋の私
嘆いたり 女っぽい 素振りをしたり
移り気で 選り好み 激しくて 高慢で
空想的で 無分別 浅はかで 涙っぽくて にこにこ笑い
感情は 色とりどりと 出すのだが 心底は 無感情
女 子供は この部類だし 動物的だ
好きになったと 思ったら 嫌いになるし
招待しては キャンセルをする
彼を思って さめざめと泣き すぐ後に 唾棄してしまう
愛に狂った その人を 本当の 狂人に してしまい
人並みの 生活を 拒絶して 人里離れた 所にて

神に仕えて 生きるようにと なるのです
このようにして その人を 治癒(ちゆ)させて あげました
この方式で 丹精(たんせい)込めて あなたの病んだ 肝臓を
健康な 羊の心臓 程度にも 浄化して
愛の痕跡(こんせき) 消し去って あげましょう

オーランド

そこまでしても 治してほしいと 思ってないが…

ロザリンド

私のロッジに 毎日来て 私のことを ロザリンドと呼び
愛の気持ちを 語るだけ それだけで 治してあげる

オーランド

愛に誓って やってみましょう そのロッジは どこですか？

ロザリンド

私と共に 来てください どこなのか お教えします
道すがら あなたは森の どこに住んで いるのかを
教えてください さあ 行きましょう

オーランド

喜んで そうしよう 羊飼い君

ロザリンド

その呼び方は いけません ロザリンドと 言うのです
さあ 妹よ 行きましょう （三人 退場）

第３場

アーデンの森

(タッチストーン、オードリー、二人には見えない背後に
ジェイクイーズ 登場)

タッチストーン

オードリー 早く来い おまえの山羊を 連れて来るから
さあ どうだ？ オードリー
もうわしと 結婚する気に なったのか？
飾り気のない このわしが 気に入ったか？

オードリー

飾り気がない？ でたらめなこと！ どんな飾りよ?!

タッチストーン

わしがこうして おまえと山羊と 一緒にいるのは
気まぐれ度では 一番の 詩人だが
正直者の オヴィッド[59]が ゴート族[60]らに 囲まれて
暮らしてる ようなもの

---

59 帝政ローマ時代初期の詩人。『愛の詩』や『恋の技法』などの恋愛詩を書いた。(紀元前43年生まれ)。
60 古代ゲルマン系の民族でドイツ平原に暮らしていた。「ゲルマン民族の大移動」により、イタリア半島やイベリア半島に王国を築いた。原典 "Goth"「ゴート族」と "goat"「山羊」の Sh. のしゃれ (エリザベス朝の英語では同じ発音であった)。

ジェイクイーズ

〈傍白〉知識はあるが 入れ物である 頭が悪い

貧しい農家に 入り込んだ ジョウブより 具合が悪い

タッチストーン

書いた詩が 理解されずに

ウイットに 富んだ言葉が

早熟な 子供にも 理解されない 時などは

小部屋に 泊まり 大金の 宿泊料を 請求される ときよりも

心にグサッと 突き刺さり 死にそうになる[61]

神様が 少しはおまえを 詩的な人に

しておいて くだされば 良かったのだが…

オードリー

「詩的」って 何のこと?

行いや 言葉など 上品で いることかしら

それなんか 本当のこと?

タッチストーン

いや 違う 最良の詩は 最高の 偽りである

恋する者は 詩の形借り 恋心を 打ち明ける

詩によって 誓いを立てる ことなどは

愛する者が 自らを 偽って いることだ

オードリー

それなのに あんたは 私が 詩的であれば

---

61 Sh. と同時代の劇作家クリストファー・マーローが小さな宿で料金のことで諍いとなり、刺殺されたことがほのめかされている。

良かったと 思っているの？
タッチストーン
　　実際に そう思ってる
　　おまえはわしに 自分のことを 実直だと 言っただろう
　　もしもおまえが 詩人だったら
　　少しぐらいは 偽りが 入るだろうよ
オードリー
　　実直じゃない ほうがいいって 言うのです？
タッチストーン
　　いや違う おまえの顔が ブサイクで ないのなら
　　実直さに 美しさ 備われば 砂糖に蜂蜜 付けたようだ
ジェイクイーズ
　　〈傍白〉センス良い 道化だな
オードリー
　　この私 美人じゃないし 神様に お祈りし
　　実直な 人間に 創ってもらった
タッチストーン
　　実直さを 邪な 売春婦に 与えるなどは
　　上等の肉 不汚な皿に 載せるが如し
オードリー
　　私なら 売春婦では ないんだからね
　　神様に 不美人に 創ってもらい 感謝しないと…
タッチストーン
　　醜さに 乾杯だ！ 売春のこと またの機会に

第3幕

　　さあ ともかくは わしはおまえと 結婚するぞ
　　そのために このわしは 隣村の 牧師さま
　　オリヴァー・マー・テキスト卿[62]に 会いに行ったぞ
　　彼は約束 してくれた この場所に やって来て
　　わしら二人を 結婚させて くれるんだ

ジェイクイーズ

　　〈傍白〉結婚式を 見たいもんだな

オードリー

　　神様が 我らに 喜びを くださるように！

タッチストーン

　　アーメン 臆病者は こんなこと できないだろう
　　この森に 聖堂はない 参列者 誰もいないな
　　いる者は 角を生やした 獣だけだ
　　だが それが 問題か?! 勇気出すのだ！
　　角などは 不愉快な 存在だ だが 不可欠だ
　　世に言われるが「多くの者は
　　自らの 財産を 知らない」と
　　その通り 立派な角を 持っていようと
　　その価値が 分かっていない
　　さて その一例が 妻がもたらす 持参金
　　夫自ら 稼いだものじゃ ない金だ
　　角にしたって 同じこと 貧弱な 鹿だけと？ いや違う

---

[62] 牧師に "Sir"（卿）を付けて正式な教会の牧師ではなく、エセ牧師であることを暗示している。

117

立派な鹿も 乱暴な 鹿と同様 巨大な角を 持っている[63]
独身の男なら 幸せと 言うのかい?
いや それは 納得いかん
村よりも 城壁に 囲まれた 町がいいと 言うのと同じ
独身男の 角のない 頭より
妻帯者の 男のほうが 名誉ある
防備手段が ないよりは あるほうが はるかにいいし
角もないより あるほうがいい

(オリヴァー・マー・テクスト卿 登場)

マー・テクスト卿の 登場だ ようこそ ここへ
この木陰にて すんなり仕事 して頂けます?
それとも すぐに ご一緒し 聖堂に 参りましょうか?
マー・テクスト
花嫁を 与える役を する人は いないのですか?
タッチストーン
わけの分からん 男から ギフトとし
もらう気は ないからな
マー・テクスト
実際に 女性なら 譲られないと いけないんです
そうでないなら 正式で ないのです

---

63 結婚した女性は不倫をする。その夫には嫉妬の角が生えると言われている。この鹿の角の話は言葉の裏で不倫の話が入っている。

ジェイクイーズ

(帽子を取って前に進み出て) さあ 式を 挙げればいいよ
俺が譲って やるからな

タッチストーン

こんにちは どこやらの 誰かさま ご機嫌よう
良いときに お会いしました
いつぞやは 神様の お導きにて
ご一緒させて もらいましたが
こうしてまた お会いするなど
それにまた こんなつまらぬ 事柄に
お付き合い くださって
まあどうぞ お帽子を お被りに[64]

ジェイクイーズ

結婚するの 本気かい 道化殿?!

タッチストーン

雄牛にくびき 牛にはくつわ 鷹には鈴が
付くように 人間に 欲望が 付き纏(まと)う
鳩がその嘴(くちばし)で 突き合う(つつ) 程度のことで
結婚なんて 餌(えさ)を突っつく だけのこと

ジェイクイーズ

おまえのような 真面目な者が 乞食のように 藪陰で
結婚式を 挙げるなど 正気の沙汰と 思えない

---

64 ジェイクイーズは教会内にいるときのようにも、儀礼的に帽子は脱いでいた。

教会に行き 結婚の 本質を 教えてくれる
正式な 神父のもとで するべきだ
この男など 部屋の壁の 羽目板を 繋(つな)ぐだけ
その板の どちらかが 縮んだり
若木のように 曲がりくねって きたならば
どうする気だな?!

タッチストーン

〈傍白〉真面な式を 挙げる気などは 毛頭ないぞ
だから誰より この神父 気に入っている
別れるときの いい口実に なるからな

ジェイクイーズ

ついて来い 相談に 乗ってやる

タッチストーン

さあ 行こう 愛(いと)しいおまえ オードリー
わし達は 結婚しよう しないなら 不道徳
さようなら マー・テクスト卿
　　ああ 愛しい マー・テクスト
　　ああ 立派な マー・テクスト
見捨てないでと
いや 逆だ 立ち去って行け とっとと失せろ
あんたなんかに 結婚式は 頼まない

(ジェイクイーズ、タッチストーン、オードリー 退場)

マー・テクスト

気にしないこと 気まぐれな 悪党どもが

どんなに俺を 馬鹿にしようと
聖職者たる 俺の地位 びくともしない

第4場

アーデンの森

(ロザリンド、スィーリア 登場)

ロザリンド
　話しかけたり しないでね 泣きそうだから
スィーリア
　泣けばいいのよ でも 言っておくけど
　涙なんかは 男には 相応しく ないものよ
ロザリンド
　でも 私には 泣くだけの 理由があると 思わない?
スィーリア
　充分な 理由があるわ
　だから あなたは 思う存分 泣けばいい
ロザリンド
　あの人の 髪の毛は 偽りの色を しているわ
スィーリア
　ユダの髪より 茶髪だし 実際に 彼のキスは 嘘っぽい
ロザリンド

実を言うなら 髪の毛は 素敵な色よ

スィーリア

いい色よ 栗色が 一番ね

ロザリンド

彼のキスは 聖餐(せいさん)の パンのように 清らかね

スィーリア

あの人は 月の女神の ダイアナが

投げかけた 唇を 買い求めて その後で 来たのでしょうね

真冬のように 冷静な 修道女でも

あれほどの 神聖な キスなどは できないはずよ

その中に 氷のような 純潔さ 籠(こも)っているわ

ロザリンド

今朝来ると 言っておき 来ないのは どうしてかしら?

スィーリア

本当に 誠実さに 欠けるわね

ロザリンド

やはりあなたも そう思う?

スィーリア

馬泥棒や スリだとは 思わないけど

愛に関して 信憑性(しんぴょうせい)は

蓋(ふた)付きカップか 虫食いの クルミのように

中身など 空洞なのよ

ロザリンド

恋愛で 真実味など ないと思うの?

スィーリア

　恋をしたなら そうなるでしょう
　でも 私には 恋をしていると 思えない

ロザリンド

　あなたも聞いた はずですよ
　彼が誓って 恋してるって 言ったのを

スィーリア

　「言った」けど 今でも「言う」とは 限らない
　恋してる 男など 酒場の主人 同様に
　水増しで 言ってくる
　あの人は この森で あなたにとって 父上さまに
　仕えてる らしいのよ

ロザリンド

　昨日私は その公爵に ばったり出会い
　いろいろと お話を しましたわ
　そのときに 家柄のこと 聞かれたの
　それで私は「公爵さまと 同じです」って 答えたの
　そうしたら 笑い出されて ご放免に なったのよ
　でも オーランドって いう人が ここにいるのに
　お父さまの お話しても 意味がないわよ

スィーリア

　本当に 立派な人ね 立派な詩を書き 立派に話し
　立派な誓い 立てておき 破り方さえ ご立派なこと
　恋人の 熱い思いを 踏みにじるとは…

馬に乗り 片方だけに 拍車を当てて
槍を構えて 突進し 馬鹿丸出しの 新米騎士が
槍を折られて へこんでしまう
若さに乗じて 愚かさに 導かれれば
すべてのものが 立派に見える
ああ 誰かがここに やって来る

(コリン 登場)

コリン

お嬢さまと 旦那さま
いつぞやは 恋に狂った 羊飼いと 私とが
草の上で 休んでいて
その羊飼い うぬぼれた はしたない 女に対し
熱を上げてる お話を お聞きになった はずですね

スィーリア

覚えているわ それでその 羊飼いに 何かあったの？

コリン

恋に溺れて 蒼ざめた 青年と
高慢で 人を蔑む 真っ赤な頬の この女
二人が演じる 野外劇 ご覧になるなら
近くですから ご案内 致します

ロザリンド

よし いいぞ さあ行こう

恋人達の 光景は 恋する者の 慰めとなる
その場所へ 連れてくれ 私もまた その劇に 登場し
大事な役を 果たすかも しれないな　（一同 退場）

第５場

アーデンの森

（フィービー、シルヴィアス 登場）

シルヴィアス

フィービー！ 大好きだから 俺のこと
蔑(さげす)まないで くれないか 頼むから フィービー！
愛しては いないなら そう言えばいい
でも そんな ひどい言い方は しないでくれよ
死の光景に 慣れてしまって
心が硬く なってしまった 処刑人さえ
おずおずと 差し出す首を 斬り落とす前
死刑囚に 詫(わ)びを入れると いうことだ
血を流させて 暮らしを立てる 男より
冷酷で いるというのか?!

フィービー

あんたなんかの 処刑人には なりたくないわ
傷付けるのが 嫌だから 逃げ回ってる

私の目が あんたを殺す そう言うの?!
　　塵や埃に おどおどし 閉じてしまう 扉持つ
　　この弱々しくて ソフトな目
　　それが暴君 虐殺者 殺人鬼だと 呼ばれるなんて
　　確かな話？ あり得る話？
　　それなら私 力一杯 あんたのことを 睨み付けるわ
　　この目があんたを 傷付けてると 言うのなら
　　その目で あんたが 死ねばいい
　　さあ 気絶する 振りをして すぐに倒れて みせるのよ
　　それさえも できないのなら あんたなんかは 恥知らず
　　私の目が 殺人鬼だと 言うなんて 大嘘つきよ！
　　私の目が 傷を付けたと 言うのなら
　　その傷口を 見せなさい
　　爪などで 引っ掻いたって 傷跡残る
　　イグサに少し もたれていても 跡は残るし
　　手を付いて いたときも 手に型が 残るわよ
　　ダーツのように 私の視線 投げ付けたって
　　あんたに傷は 残らない
　　目に人を 傷付ける 力など あるわけがない

シルヴィアス

　　ああ 愛するフィービー
　　いつの日か— その「いつの日」が もうすぐか
　　分からないけど— もし おまえが 思いを寄せる
　　男に出会う ときが来たなら 鋭い愛の 矢が放つ

目には見えない 傷のことに 気が付くだろう
フィービー
でも そのときが 来るまでは 私には 近寄らないで
そのときが 来たのなら 私のことを 嘲笑い
苦しめたって 構わない
憐れまなくて いいからね
そのときまでは あんたのことを 憐れんだりは しないから
ロザリンド
(前面に出て来て) どうしてか 聞きたいものだ
惨(みじ)めな男を 侮辱して 得意気に なっているとは
あなたには どんな母親 いるのかな？
見掛けたところ さして美人と 思えない
正直言って 寝室に 行くのなら ロウソクを 灯(とも)さずに
暗闇でしか 行く気には ならない女
それなのに 傲慢で 情(じょう)がない
おや どうかしたのか？
なぜそんな目で 見詰めるのだい?!
どう見ても あなたなどは 大自然が 製造なさった
セール用の 人物だ 何てことだよ?!
この女 私の目にさえ 魔法をかけて 捕らえる気だな
だめだって 本当に 高慢な お嬢さん
そんなこと 望んでも 無駄だから
太い眉 滑らかな 黒い髪 黒いビーズの 瞳でも
クリーム色の 頬でさえ 私の心を 捕らえてあなたを

崇めさせたり できないからな
羊飼いの 愚かな君よ
なぜ あなたは 風や雨を 吹き付ける
湿気を帯びた 南の風の 真似をして
彼女の後を 追い掛けるのか？
女性としての あの女より あなたのほうが
千倍も 男性として 男らしいよ
あなたのような 愚かな者が いるせいで
母親に似た ブサイクな子が この世の中に 溢れくる
鏡のせいとは 限らない おだてる男が 問題だ
そのせいで 女は自分を 見失い 自分以上に 付け上がり
のぼせ上がって 天狗になって しまうのだ
お嬢さん 自分のことを よく知るべきだ
跪き 断食をして 善良な男性に プロポーズ
されてることに 神に感謝を するべきだ
友として あなたにしっかり 言っておく
「売れるときに 売っておけ 売れ残ったら 売れなくなるぞ」
この男性に 許しを乞って 彼を愛して
プロポーズ 快く 受け入れるのだ
良くないことの 最悪は 高慢で 人を蔑視 することだ
さあ 羊飼い君 彼女を妻に するがいい ご機嫌よう

フィービー
素敵な人ね 一年中 私のことを 叱り続けて
お願いだから

この人に 褒め称えたり されるより
あんたに私 叱られたいの
ロザリンド
〈フィービーに〉彼はあなたの 醜さ故に 恋に落ち
〈シルヴィアスに〉彼女のほうは 私の怒りに 恋をした
そうならば しかめっ面で 彼女があなたに 返事したよう
私は彼女に 暴言を吐く
〈フィービーに〉なぜ そんなにも
私を見詰めて いるのだい？
フィービー
心ならずも あんたのことを 思うから
ロザリンド
頼むから 私に惚れたり しないでくれよ
酒に酔い 愛を誓う 男より
この私 偽りに 満ちているから
それにだな 私はあなたを 好きじゃない
私の家を 知りたいのなら すぐそばの
オリーブの 繁みの中だ さあ行こう 妹よ
〈シルヴィアスに〉プロポーズ 続けるんだぞ
〈フィービーに〉彼のこと 大事にしろよ
そんなにも お高くとまって いるんじゃなくて
彼に優しく するんだぞ
世の中の 誰でも分かる ことだけど
彼ほども 視覚的 欠陥がある 者などは いないから

さあ 行くぞ 私達の 羊の所へ

(ロザリンド、スィーリア、コリン 退場)

フィービー

亡くなった 羊飼いさん[65] あなたの言葉 強烈に 心に響く

「一目で恋に 落ちないのなら 人はいつ 恋に落ちるか?!」[66]

シルヴィアス

大好きな フィービー

フィービー

ハァッ? 何て言ったの? シルヴィアス

シルヴィアス

大好きな フィービー 俺のこと 憐れんで くれないか?

フィービー

どうしてよ? 悪いとは 思っているわ

心優しい シルヴィアス

シルヴィアス

「憐れみあれば 救いあり」だ

この俺の 恋の嘆きを 憐れんで

おまえの愛を くれたなら 憐れみも 嘆きも共に

消え去って しまうのだがな…

---

[65] 「詩人」はよく「羊飼い」に喩えられていた。ここの羊飼いはシェイクスピアと同時代人の劇作家でもあるクリストファー・マーローのこと。

[66] 原典 "Who ever loved that loved not at first sight?" マーローの詩『ヒーローとリアンダ』より。ヒーローという男性がリアンダに一目惚れをするというラブ・ロマンスの詩。

フィービー

　私の愛は あげているわよ 隣人愛じゃ いけないの？

シルヴィアス

　俺はおまえが 欲しいんだ

フィービー

　それ少し 欲張り過ぎよ
　シルヴィアス 今までは あんたのことが 嫌いだったわ
　それに今 好感を 持ったわけでも ないんだけれど
　恋愛のこと あんた上手に 話すわね
　あんたとの お付き合い
　今までは うんざりしては いたけれど
　これからは 我慢して 用事を 頼んで あげるから
　でも お返しなんて 期待しないで
　頼まれる ことだけで 喜びを 感じてね

シルヴィアス

　俺の愛は 神聖で 完璧な ものなんだ
　だが俺に 愛の恵みは わずかばかりだ
　収穫のとき 刈り入れをする 男の後で
　この俺は 落穂を拾い それだけで 充分と 諦めていた
　おまえが少し 微笑んで くれたなら
　それを頼りに 生きてゆく

フィービー

　さっき私に 話し掛けてた 若者を 知ってるの？

シルヴィアス

それほどは 知らないが 出会ったことは よくあるよ
年老いた 百姓が 住んでた家と その土地を 買った男だ
フィービー
その人のこと 尋ねてるから 好きだなんて 思わないでね
馬鹿な男よ 話し方は 悪くないけど
言葉なんかは どうでもいいのに
聞いてると スカッとするの
あの若者が 話をすると 聞いてる者の 気持ちが晴れる
少しばかりは イケメンね それほどじゃ ないけれど
でも 確かに彼は 高慢よ
堂々とした その姿が よく似合う
いつの日か あの人は 立派になるわ
あの人の 最大の 特徴は あの容姿
話す言葉は 人の心を 傷付けるけど
それより早く 優しい目が 癒してくれる
背は高くない でも 年の割には 高いわね
脚の形[67]は まあまあね でも いいほうよ
唇に 赤味がさして
赤い頬より はるかに熟した 赤い色
真っ赤な赤と 紅白混じりの ダマスクローズ[68]の

---

67 エリザベス朝の頃は、若い男性の脚は格好良さの大切な基準の一つであった。
68 バラの品種の一つ。芳醇な香りが高く、「花の女王」と言われている。

違いほどある
シルヴィアス 私のように まじまじと
彼のことを 眺める女性が いたのなら
きっとすぐ 恋に落ちるに 違いない
私はね 恋することも 嫌うことも ないんだよ
でも はっきり言って 好きになるより
嫌う理由が あるのよね
あの人は どんな立場で 私のことを あれほどまでに
非難する 権利があるの?!
言ったわね 私の目 黒いとか 私の髪が 黒いとか
ああ しっかりと 思い出したわ
私を愚弄 したんだからね
どうして私 何も反論 しなかったのか!?
そんなことなど どうでもいいわ
言わなくっても 許したわけじゃ ないからね
あの人を 嘲る手紙を 書いてやる
それを届けて くれるわね?! シルヴィアス

シルヴィアス

フィービー 喜んで やってあげるよ

フィービー

今すぐに 書くからね
書く内容は この頭と 心の中に ありますからね
あの人に 厳しくて 辛辣に なるものに!
ついて来て シルヴィアス

第4幕

第1場

アーデンの森

(ロザリンド、スィーリア、ジェイクイーズ 登場)

ジェイクイーズ
　好青年の 君と懇意に なりたいものだ
ロザリンド
　あなたのことを みんなは鬱(うつ)と 言ってるようだ
ジェイクイーズ
　確かにそうだ 笑ってるより そのほうが 俺らしい
ロザリンド
　極端なのは いけないな 飲んだくれより
　世間では 軽蔑される
ジェイクイーズ
　どうしてだ? 悲しみに 打ち沈み
　黙していては 誰に迷惑 かけるのか?
ロザリンド
　おや それならば 立ってる杭(くい)と 同じだな

ジェイクイーズ

　俺の鬱 学者の鬱と 大違い

　奴らの鬱は 競争心に 由来する

　音楽家のとは これまた違う 奴らのは 空想的だ

　宮廷人のと これまた違う

　奴らのは プライドが 高いだけ

　兵士のは 野心がもとだ 弁護士ならば 駆け引きだ

　貴婦人ならば 詰まらぬことで

　恋する者は これみんなだな

　俺の鬱なら 俺に関わる 事柄で

　人生航路の 様々な 経験や 多くのことが 構成要素

　そんなことなど 考えてると

　悲しげな ムードの中に 陥って しまうのだ

ロザリンド

　旅する者か！ 悲しみを 背負ってるのは よく分かる

　自分の土地を 売り払い 他人の土地を 見て回る

　その結果 多くを見ても 手元には 何もない

　目は豊かでも 手は貧乏だ

ジェイクイーズ

　だが 俺は 経験を 積んだのだ

　（オーランド 登場）

ロザリンド

その経験が あなたを悲しく させるのでしょう
   悲しくさせる 経験を 探すより
   私なら 道化を連れて 楽しく暮らす
   悲しむための 旅とはな…
オーランド
   こんにちは ロザリンド いい日だね
ジェイクイーズ
   では ここで 失礼をする
   君達は 詩の形式で 話せばいいぞ[69]　（歩き始める）
ロザリンド
   さようなら 旅人よ
   変な訛りで 外国語 話し出し 奇妙な服を 着て歩き
   自分の国の 良い点を 貶して話し
   自分の故国を 毛嫌いし
   自分の顔を 造ってくれた 神様に
   外人ぽくないと 楯を突く
   こんな愚痴でも こぼさないなら
   ゴンドラで 船遊び したなんて 信じたり しないから
   （ジェイクイーズ 退場）
   おや オーランド 今までずっと どこにいたんだ？
   恋人じゃ ないのかい?!
   こんな態度で いるのなら

69　恋人同士が詩を贈り合うこと。

もう二度と 私の前に 現れるなよ
オーランド
　　なあ ロザリンド 約束の 時間から
　　まだ1時間も 経ってない
ロザリンド
　　恋愛中の 約束に 1時間も 遅刻して！
　　恋愛で 1分の 千分の1 さらにまた
　　その千分の 1の時間でも 遅れたり するのなら
　　キューピッドの矢 肩をちょっぴり 掠(かす)めただけで
　　ハートには 届いてないな
オーランド
　　悪かった ロザリンド
ロザリンド
　　こんなに遅く 現れるなら もう二度と
　　姿など 見せないでくれ
　　カタツムリにでも プロポーズ されるほうが まだましだ
オーランド
　　カタツムリ？
ロザリンド
　　ああ カタツムリ ゆっくりと 進むけど
　　頭の上に 家を載せ
　　なけなしの あなたと違い 結婚に 財産付きだ
　　その上に 宿命を 背負ってる
オーランド

何のことです?
ロザリンド
 理由はな カタツムリには 妻が喜ぶ 角(つの)が生えてる
 それだから カタツムリ 幸せに 角を生やして
 妻の名誉が 穢されるのを 未然に防いで いるんだからな
オーランド
 美徳ある 女が夫の 頭に角を 生やさせる わけがない
 ロザリンドには 美徳があるよ
ロザリンド
 そうだよ この場所に いる人物が ロザリンド
スィーリア
 この人は あなたのことを そう呼んで 嬉しがってる
 でも 本当の ロザリンド
 あなたより ずっときれいな 人なのでしょう?
ロザリンド
 さあ早く 愛の言葉を 囁(ささや)いて
 今の私は ホリデー・ムード
 プロポーズ されたなら 承諾しよう
 私がもしも 本当の ロザリンドなら
 今 何と 言う積もり?
オーランド
 何も言わずに キスをする

---
70 「妻が不倫をすると夫に角が生える」と言われていたので、最初から生えていたなら、それがバレない。

ロザリンド

いや だめだ 最初に話 するべきだ

言う言葉 失って 感極まれば キスすることも 許される

饒舌家(じょうぜつか) 言葉尽きれば 唾を吐く

恋人達は 言葉失くせば — 神の祝福 そこにある—

最良の 方策は キスをすること

オーランド

でも キスが 拒絶されたら？

ロザリンド

そうなれば あなたのほうは 乞い願う ことになる

それでまた 新たな話 始まるのだよ

オーランド

恋人を 前にして 言葉を失くす なんてこと

あるのかい？

ロザリンド

私があなたの 恋人ならば そうなって ほしいけど

ならないのなら ロザリンドの 美徳なんかは

知恵以下と いうことになる

オーランド

何だって 僕からの 愛の言葉を 黙らせる？

ロザリンド

服は着たまま プロポーズ[71] しないまま?!

---

71 原典「服」は "apparel" で、"suit" は「服」と「プロポーズする」という二重の意味。Sh. のしゃれ。

私はあなたの ロザリンドだよ

オーランド

あなたをそう 呼ぶだけで 嬉しいよ

ロザリンドと 話してる 気になるからな

ロザリンド

では ロザリンドに 成り代わり 言ってあげよう

ロザリンドなら あなたと結婚 する気はないね

オーランド

では 僕は 僕に成り代わり 言えること「僕は死ぬ」

ロザリンド

それなら あなた 身代わりに なって死ぬ人を

見付ければいい

惨めな世界が 始まって６千年だ

その間 恋愛が 原因で 自ら死んだ 人などいない

トロイラスなど ギリシャ人の 棍棒で

頭を割られて 死んでいる

でも それ以前 死に値 することを 為している

ヒーローが[72] 修道院に 入ろうと

リアンダーは[73] 長年生きて いただろう

真夏の暑い 夜でもないのに ダーダネルス 海峡へ

---

72 ダーダネルス海峡を隔てたセストスに住んでいた女性で、リアンダーの恋人。

73 夜にヒーローに会うために泳いでいたが、ヒーローの灯す火が消えるという不慮の出来事か突然の嵐によって溺れ死んだ。

ひと泳ぎ しに行った リアンダー 脚がつり 溺れて死んだ
当時の馬鹿な 歴史家が 原因は
セストスの ヒーローと 決め付けた
でも これは 大嘘だ
時が移れど 男は死んで ウジ虫の 餌になる
そのうちの 誰一人 恋のため 命を棄てた 者などいない

オーランド

本当の ロザリンドには
そんな考え 持たないで ほしいもの
はっきり言って しかめっ面を されるだけでも
息の根が 止まってしまう

ロザリンド

この手に懸けて 言っておく
しかめっ面では ハエも死なない
さあ 今からは もっと優しい ロザリンドにと
なってあげよう
何なりと 気の向くままに 頼んでごらん
それを叶えて あげるから

オーランド

それなら僕を 愛しておくれ ロザリンド

ロザリンド

ああ いいよ 愛してあげる
金曜日でも 土曜日も 毎日でさえ

オーランド

僕と結婚 してくれる？
ロザリンド
　あなたのような 人ならば 何十人も
オーランド
　何だって？
ロザリンド
　素敵な人で なかったの？
オーランド
　そうだと僕は 思っています
ロザリンド
　ほら そうでしょう 素敵なものなら
　いくらでも 欲しいもの
　さあ 妹よ 司祭となって 我ら二人を 結ばせるのだ
　あなたの手を オーランド 妹よ いいだろう？
オーランド
　お願いします 結婚式を…
スィーリア
　どう言えば いいのか言葉 知らないわ
ロザリンド
　「新郎となる オーランド」から 始めればいい
スィーリア
　分かったわ 新郎となる オーランド このロザリンド
　あなたの妻に 娶(めと)るのか？
オーランド

第 4 幕

はい いいですよ
ロザリンド
でも それはいつ？[74]
オーランド
そりゃ今でしょう
妹さんが 我々の 式を挙げて くれるなら…
ロザリンド
それなら あなた
「ロザリンドを 妻として 娶ります」と 言わないと
オーランド
ロザリンドを 妻として 娶ります
ロザリンド
本来ならば 証書が要るわ でも 今はいい
オーランド あなたを夫と 致します
司祭が尋ねる 前なのに 娘は先に 言ってしまうな
女心は 待てないで 行動よりも 先に行く
オーランド
すべての想い そうなのだ
心には 翼が生えて いるからな
ロザリンド
ロザリンドを 自分のものに してからは
いつまで彼女を 離さずに 置いておくのか？

---

74 Sh. の時代、誓約するにはそれがいつなのか明示する必要があった。

オーランド

　ずっとずっと 永遠に[75]

ロザリンド

　「ずっと」をやめて「一日だけ」と 言えばいい
　だめだめ それは オーランド
　恋する時は 男はみんな4月の春で
　結婚したら 師走の真冬
　小娘は 結婚前は 晴れ渡る5月の空で
　妻になったら 空模様 大きく変わる
　私なら バービーの 雄鳩が 雌鳩に 嫉妬するより[76]
　激しくあなたに 嫉妬する
　雨が降る前 騒ぎ出す オウムより 大声で 喚(わめ)き立て
　ゴリラより めかし立て
　猿よりも 欲望は 移り気だ
　噴水の ダイアナのように[77]
　悲しいことも ないのに涙 流し続ける
　特にあなたが 陽気な気分で いるときに
　そうするからな
　あなたが眠りに 就(つ)こうとすると

75　原典 "For ever and a day"「永遠プラス一日」。この英語表現は特に興味深い。
76　北アフリカのバービーからイングランドに飛来する鳩。その多くは羽は黒色。
77　噴水のある泉の多くには月の女神のダイアナの像があった。

ハイエナ[78]のように 笑ってやるぞ
オーランド
僕のロザリンド そんなことを するのかい？
ロザリンド
誓ってもいい 彼女のすること 私と同じ
オーランド
ああ しかし 彼女には 理性があるよ
ロザリンド
そうでないなら 彼女には 知恵がないのが 証明される
知恵があるなら あればあるほど 移り気だ
女の知恵を 閉じ込めたなら
知恵は窓から 飛び出してゆく
窓を閉じれば 鍵の穴から 逃亡だ
鍵穴を 塞いだら 煙と共に 飛び去ってゆく
オーランド
そんな知恵持つ 妻がいたなら 夫は言うに 違いない
「智恵よ おまえ どこへ行く!?」
ロザリンド
そのような 叱り言葉は
あなたの妻の 知恵が一人で 近所の男の ベッドへと
行くときのため 大事に取って おくことだ
オーランド

---
78 ハイエナの鳴き声は「笑い声」のような音である。

そんなとき 知恵が言い訳 するために
どんな知恵 出すだろう

ロザリンド

そんなこと 簡単だ
あなたをそこに 探しに来たと 言えばいい
口の無い 女を妻に しないのならば
妻というもの 口答えする
自分の落度 それを夫の せいにして
罪などを なすり付けない 女などには
子供の世話を させないことだ 子供はきっと 馬鹿になる

オーランド

ロザリンド２時間ばかり 失礼するよ

ロザリンド

ああ そんな２時間も あなたなしでは
どうしろと 言うのです？

オーランド

元公爵の お招きで 昼食を 共にする
２時までに ここに戻って 来ますから

ロザリンド

ええ どうぞ お好きな所へ 行けばいい
あなたがどんな 人なのか 分かったからな
友達も 言ってたし 私もそうだと 思ってた
褒めそやす あなたの口に 参ったのだな
一人の女が 置き去りだから 死刑だな！

2時 それが 約束の 時間です？

オーランド

その通り 僕の素敵な ロザリンド

ロザリンド

真実に懸け 誠意に懸けて 神の赦しを 願いつつ[79]

災(わざわ)いを 起こさない

取るに足らない 罵り言葉に 懸けてさえ

もしあなた 約束を 守らずに2時より1分 遅れても

最もひどい 約束破りの 不実な恋人

ロザリンドと 呼ばれてる 女性には

不実な男の 多数の中で

最もひどい 価値のない 男です

だから私の 酷評に 気を付けなさい

約束は 守るのですよ

オーランド

本当の ロザリンドに 優るとも 劣らぬ誠意を 尽くします

では また後で

ロザリンド

そのような 罪人を 調べて裁く

古来の正義は「時」なのだ

「時」に裁きを 任せましょう

---

79 この劇が上演されていた当時、"God" という言葉の入っている誹謗語を舞台上で使うことが禁止されていた。そのために "God" の言葉の付かない誹謗語が使われた。

では さようなら （オーランド 退場）

スィーリア

あなたの愛の 馬鹿げた話

私達 女性のみんなを ひどく冒涜(ぼうとく) するものよ

あなたが着てる 上着やズボン 剥(は)ぎ取って

鳥が自分の 巣を汚したの 世間の人に 見せてあげるわ[80]

ロザリンド

ああ シーリア 大切な 従妹のシーリア

この私 どれほど深く 恋の海に

溺れてるのか 分かってる⁈

でも その深さ 測れはしない

私の愛は ポルトガルの 海の中

深く沈んで 誰一人 分からない

スィーリア

どちらかと 言うのなら 底無しね

愛情を 注げばすぐに 流れ出す

ロザリンド

あのヴィーナスの 邪(よこしま)な 私生児は

悲しい思い 虚(むな)しい幻想 狂気によって 生まれ出て

その盲目の 悪ガキは 自分の目 見えないからと

あらゆる人の 目を狂わせて 傷(いた)め付けてる

そのキューピッドに どんなに私 深く愛に

---

80 原典 "It is an ill bird that fouls its own nest."「自分の巣を汚すのは悪い鳥」。

溺れているか 測ってもらう
本当よ エリエイナ
オーランドが そばにいないと 気が狂いそう
木陰を見付け 彼が来るまで 溜め息を 付いている
スィーリア
それなら私 寝ることにする　（二人 退場）

第2場

アーデンの森

（狩人の姿でジェイクイーズ、アミアン、貴族達 登場）

ジェイクイーズ
鹿を殺した 者は誰だい？
貴族1
私です
ジェイクイーズ
この者を ローマにおける 将軍のよう
晴れやかに 公爵に 会わせよう
勝利を印す 月桂樹とし
鹿の角を 彼の頭上に 掲げるべきだ
森の中の 歌い手よ このような 祝いのときに
相応しい 歌はあるのか？

アミアン

　ございます

ジェイクイーズ

　では 歌うのだ みんな 陽気に 歌えれば

　どんな 曲でも 構わない

（アミアンが歌い出す）

　　鹿を射止めた 者への褒美(ほうび) 何でしょう

　　鹿の皮 二つの角で 歌を歌って 家まで送る

　　残りの者は それを担(かつ)いで

（一同で歌う）

　　角を生やすの 恥じゃない

　　生まれる前から 家の紋章

　　父親の 親さえも 付けていた

　　おまえの親も 付けていた

　　角だよ 角だ 楽しい角だ[81]

　　嘲笑う ものじゃない　（一同 退場）

第3場

アーデンの森

（ロザリンド 登場）

81　原典 "lusty"「陽気な」。裏の意味「好色な」。

ロザリンド

ねえ どう思う?! 2時はとっくに 過ぎたのに…
オーランドの「オ」も 見えないわ

スィーリア

きっとこうだわ 恋愛で 頭がいかれ
弓矢を手にし 出掛けたに 違いない── 昼寝のために
あそこに誰か やって来る

（シルヴィアス 登場）

シルヴィアス

若旦那さまへ 言付け(ことづけ)を 頼まれまして
大好きな フィービーが この手紙を 読んでほしいと
（ロザリンドに手紙を手渡す）
内容は ちっともおいら 知らないんです
でも 書くときの 恐ろしい 顔付きや
意地悪な 様子から 考えますと
どうも怒りの 手紙のようで ございます
申し訳 ありませんが おいらには 罪はねえんで
どうかお許し 願います

ロザリンド

忍耐強い 男でも この手紙 読んだなら
気が動転し 恫喝(どうかつ)を し始めるはず

こんな侮辱に 耐えられたなら
どんなことにも 耐えられる
書かれてるのは— 私なんかは 醜男(ぶおとこ)で
礼儀知らずで 高慢で
私を愛す 気持ちなど 絶対に 起こらない
たとえ私が 不死鳥みたいに[82]
この世の中で たった一人の 男でも— 何てこと![83]
あんな女の 愛を求めて いるわけじゃない
どうしてこんな 手紙を出すの?!
ああ シルヴィアス これはおまえが
書いたんじゃ ないのです?

シルヴィアス

とんでもねえや 中身のことは おいら何にも 知らねえよ
フィービーが 書きましたんで…

ロザリンド

よく聞けよ おまえは馬鹿だ 恋で頭に 血が上ってる
あの女の手 しっかりと見た
革のようで 黄褐色の 手をしてた
本当に 古い手袋 してるのと 勘違いした
それが彼女の 手であったのに

---

82 原典 "phoenix"［フェニックス］この世には一羽しかいないとされている仮想の鳥。
83 原典 "Od's my will"（Od's=God is）「神のご意思に従って」。(「神」という言葉の使用が制限されていたため)。

それは正(まさ)しく 主婦の手だった
そんなことなど どうでもいいし
確信持って 言うのだが 筆跡が 違うはず
この手紙 彼女のもので ないだろう
シルヴィアス

確実に フィービーのもの
ロザリンド

ほら 乱暴で 冷酷な 言い方で
決闘の 挑戦状に 似たものだ
トルコ人が キリスト教徒に するように
挑みかかって 来ているな
女の優しい 頭では 考えつかぬ 想像超えた 暴言だ
エチオピア人の 顔の色より 黒い言葉で 書かれてる
聞く気はあるか?
シルヴィアス

お願げえします まだ中身 全く何も 知らないし
でも フィービーの ひどい言葉は 聞き慣れてます
ロザリンド

この私にも「フィービー言葉」を 使ってる
よく聞けよ あの暴君は こう書いている
(声に出して読む)「こんなにも 女心を 燃え立たせるの
あなたは 羊飼いに 変身をした 神様ですか?!」
女なら これほどの 悪口雑言(あっこうぞうごん) 言えないはずだ
シルヴィアス

これが悪口(あっこう)なんですか？

ロザリンド

　(声に出して読む)「神の姿を 捨て去って
　女心を 踏みにじるのは なぜなのよ!?」
　こんな暴言 聞いたこと あるのです？
　「人の目が 私をいくら 口説こうと
　私の心 平然と していたわ」
　私が野獣と 言うことなのか？
　「光輝く あなたの目の 私への 蔑(さげす)みが
　私の心に 恋の火を 灯す力が あるのです
　もしそれが 優しい目で あったなら
　この私 どうなって しまうやら…
　叱られたのに 恋に落ち 求められたら もうだめよ
　この恋を 届ける者は 私の中の 恋心など 知らないわ
　その使いにと お返事を お託しください
　私が捧げる 身も心も 受け取ると
　優しく言って 頂けるのか
　使いの者が もたらす返事 私の恋が 拒まれたなら
　死ぬ最良の 方法を 考えないと…」

シルヴィアス

　これが悪口(わるぐち)なんですか？

スィーリア

　ああ あなた かわいそうな 羊飼い

ロザリンド

〈傍白〉こんな男は 同情などに 値しないよ
〈シルヴィアスに〉こんな女を 愛するか?!
あなたのことを 吹奏楽器 扱いを するだけで
自分勝手な 音色を出させ それで満足 してるのだ
許しては おけないな！
さあ 女のもとへ 戻るのだ
恋するために あなたなど 柔順な 蛇同様に されている
戻ったら こう言うのだぞ
「彼女がもしも この私 愛するのなら
私は彼女に あなたを愛せと 命令する」と
「そうしないなら もう二度と 話しはしない」
あなたがしてと 頼まない 限りはな
本当に 愛してるなら 何も言わずに 早く行くのだ
あれ また誰か やって来る　（シルヴィアス 退場）

（オリヴァー 登場）

オリヴァー

おはよう 伺いますが この森の 外れ(はず)には
オリーブの木に 囲まれた 羊飼い小屋 ありません？

スィーリア

ここから西へ 歩いてすぐの 近くの谷間に ございます
せせらぐ小川の 際(きわ)に立つ 柳並木を 右に見て
進んで行けば そこに着きます

でも この時刻なら 家はあっても 中には誰も おりません
オリヴァー
耳にしたこと 目の助けにと なるのなら
その描写 あなた達に 当て嵌(は)まる
服装も 年齢も 同じです
「青年は 色白で 女性のような 顔立ちで
その振る舞いは 姉のよう 妹は 背が低く 浅黒い」
そうなれば 私が探す 家の持ち主
あなた方では ありません？
スィーリア
自慢する わけではないが 私達が 持ち主ですわ
オリヴァー
オーランドから お二人に 宜しくと 申してました
その他(ほか)に ロザリンドと 呼ぶ若者に
血の付いた このハンカチを
渡してくれと 頼まれました
あなたがその 若者ですか？
ロザリンド
はい 私です 一体これは どういうことで?!
オリヴァー
私が誰か 言うことは 私には 恥ずべきことで…
それにまた どのように なぜ そしてどこで
このハンカチが 血に染まったかを 話すとなると…
スィーリア

そのお話を　是非お聞かせを　願います
オリヴァー
　オーランド　あなた方との　別れ際　1時間　以内に戻ると
約束を　しましたね
それで彼は　甘くて苦い　思いを胸に　描いてそれを
噛み締めて　森の小道を　歩いていると
何という　ことでしょう！
ふと横に　目をやると　視界に入った　そのものは
大きな枝は　苔に覆われ　木の先端は
古くて枯れた　樫の木の　根元の所
ボロを纏った　惨めな男
髪の毛を　ボサボサに　伸ばしたままで
仰向けに　眠り込んで　いたのです
その首のそば　金色の　鱗持つ　緑色の蛇　トグロを巻いて
鎌首もたげ　開いてる　男の口へ
今すぐにでも　襲い掛かろうと　していたのです
ちょうどそのとき　オーランド　やって来るのを　感じ取り
急にトグロを　解いてすぐに　ニョロニョロと　繁みの陰に
滑るかのよう　入り込んで　行きました
ところがそこに　飢えている　雌ライオンが
地面に頭を　低く付け　猫のように　鋭い目を　光らせて
眠ってる　一人の男が　動くのを　じっと待って　いたのです
百獣の王　ライオンと　言われるように
死んでいると　思えるものに

手を出さぬ 習性が あるのです
　　オーランド これを見て 男のほうへ 近寄って 行きました
　　そこで見たのは 彼の兄 長男の オリヴァーでした
スィーリア
　　ああ この私 オーランドが 兄のこと 語るのを
　　聞いたこと ありますわ
　　この世では 不人情さで 一番に なれる人と
　　オーランドは 言っていました
オリヴァー
　　そう言うの 無理もない
　　その男 不人情 だったのは 誰よりも よく知ってます
ロザリンド
　　ねえ オーランドの 話に戻り
　　あの人は お兄さまを 放っておいて
　　飢えている 雌ライオンの 餌食にと したのです？
オリヴァー
　　今すぐに お話しします
　　私共 二人は涙を 流しながらも
　　それまでの 一部始終を 語ったのです
　　どうして私 人里遠い こんな所に
　　来たのかを 話したのです― 手短に 言いますと
　　弟は 寛大な 公爵の 所へと 連れてくれ
　　公爵は 私には 新しい服を くださって
　　おもてなし 頂きました

弟の 世話を受ければ いいと仰り
弟は すぐさま彼の 洞窟に 私を連れて くれました
そこで彼が 服を脱ぎ 見てみると 腕のここ
ライオンが 彼の肉を 引き裂いていて
それがもとで ずっと血が 流れ続けて いたのです
そのせいで 彼は気を 失いかけて
失神の 直前に ロザリンドと 叫んだのです
すぐ後に 弟を 正気付かせて
傷口を 縛ってやって 落ち着かせて おりました
しばらくすると 少し快復 してきたようで
私にここに 来るように 告げ
顔見知りでは ないのですが
事情を告げて 約束が 守れなかった お詫びをし
血に染まってる このハンカチを
戯(たわむ)れに ロザリンドと 呼んでいる
羊飼いの 若者に 手渡すように 頼まれたのです
(ロザリンド 気絶する)

スィーリア

まあ どうしたの⁉ ギャニミード! ギャニミード!

オリヴァー

多くの者は 血を見ると 気絶しますよ

スィーリア

これには深い 理由があるの
お兄さま! ギャニミード!

オリヴァー

 おや 気が付いた

ロザリンド

 何とか家に 帰りたい

スィーリア

 連れて帰って あげますからね
 お願いよ 腕を抱えて やってください

オリヴァー

 元気を出して！ 男なんだろう 勇気に欠ける

ロザリンド

 はい 欠けてるの 認めます ああ あなた
 でも 誰だって 今のは上手い 芝居だと 思うだろうよ
 頼むから 弟さんには 気絶の振りが うまかったと
 言っておいて くれないか
 ヘイ ホー![84]

オリヴァー

 芝居では なかったですね
 真実の 感情なのは 明白ですな
 顔色に はっきりと 現れてます

ロザリンド

 芝居ですよ 本当だから

オリヴァー

---

84 笑ってごまかしている。

それなら 今は 勇気を出して 男らしく 演じることだ
ロザリンド
　そうしています でも 実際は 女のほうが 相応しかった
スィーリア
　あら 顔色が ますますひどく 蒼(あお)ざめていく
　さあ 帰りましょう あなたも 付いて 来てもらえます？
オリヴァー
　いいですよ
　弟を 許すかどうか まだ返事 もらっては いないので
ロザリンド
　返事のことは 考えて おきましょう
　でも 芝居のスキル しっかり 褒(ほ)めて
　伝えておいて くださいよ
　行きましょう　（一同 退場）

第 5 幕

第 1 場

アーデンの森

(タッチストーン、オードリー 登場)

タッチストーン
　タイミング 大事だからな
　オードリー そのうちに いい機会 やって来る
　辛抱が 大切だ なあ オードリー

オードリー
　年寄りの 男が何か ぐだぐだだと 言ってたけれど
　あの牧師さんで 良かったのにね

タッチストーン
　邪(よこしま)な オリヴァー卿か
　邪な マー・テクストか 知らないが
　そんな奴など 別にして オードリー
　この森で おまえのことを
　自分のものと 主張する 若者がいる

オードリー

ああ その男 誰なのか 知ってるわ
あんなのに そんなこと 言われる筋合い 何もない
ほら あそこ 問題の その男が やって来た

(ウィリアム 登場)

タッチストーン
単純な 田舎者 奴らはわしの「大好物[85]」だ
実際に 我らのような 知恵ある者に 責任がある
すぐに馬鹿にし 鼻であしらう ことにする
我らには 我慢ができぬ

ウィリアム
こんにちは オードリー

オードリー
こんにちは ウィリアム

ウィリアム
こんにちは あなたにも

タッチストーン
こんにちは 良き友よ 帽子はどうぞ お被りに
頭の上に どうぞ また
あなたの年は お幾つで?

ウィリアム

---

[85] 原典 "meat and drink"「肉とドリンク」。

25 です

タッチストーン

いい年頃だ おまえの名前 ウィリアム？
いい名前だな この森で 生まれたのかい？

ウィリアム

はい 神様の お陰です

タッチストーン

「神様の お陰」とは いい返事だな 君はリッチか？

ウィリアム

そこそこですね

タッチストーン

「そこそこ」なんて 気が利いている
いい返事だな 上出来だ
それほどでない だが「まあまあ」と いう感じ
君には知恵は あるのかね？

ウィリアム

はい 知恵ならば 充分に

タッチストーン

おや いい返事だな こんな諺(ことわざ) 思い出したぞ
「愚者は己を 賢者と思い 賢者は己を 愚者と知る」
異教徒の 哲学者など ブドウを食べる ときなどは
口を開け ブドウを中に 押し込んだ
要するに ブドウなど 食べるために 作られて
口などは 開けるために 存在してる

おまえはこの娘に 恋してるのか？
ウィリアム
　はい しています
タッチストーン
　では 握手をしよう 君には学識 あるのかい？
ウィリアム
　いえ ありません
タッチストーン
　それなら わしが 教えてやろう
　持つことは 持つということ
　修辞学の スタイルで 言うのなら
　カップから 酒をグラスに 移したならば
　一方は 満杯となり 他方など 空になる
　世に知られてる 作家がみんな 認めることは
　「セルフ」とは「それ自身」の ことである
　そこでだな おまえなど「セルフ」でなくて
　このわしが「それ自身」なのである
ウィリアム
　「それ自身」とは？
タッチストーン
　この女と 結婚すべき 男とは このわし自身
　そういうわけで 田舎殿「放棄せよ」
　平たく言うと「やめんかい」
　何をかと言うと「交際を」

田舎言葉で 言うならば「付き合いを」だ
誰とかと 言うならば「この女性と」だ
俗に言うなら「この女と」だ
まとめて言うと「この女性との 交際を 放棄せよ」
さもないと 田舎者！ おまえは「死ぬ」ぞ！
言い換えるなら「おまえを殺す 昇天させる」
おまえの生を 死に変えて おまえの自由を 拘束するぞ
毒殺もあり 棍棒で 撲殺か
鋼鉄の剣で グサリと殺(や)るか 仲間引き連れ 嬲殺(なぶりごろ)しか
策略により 叩きのめすか
あらゆる手段で 殺害するぞ
分かったならば 恐れ戦(おのの)き 立ち去るが良い

オードリー

そうしてね ウィリアム

ウィリアム

では お幸せに！

(コリン 登場)

コリン

若旦那と お嬢さま　あんたのことを お探しだ
来ておくれ さあ早く！

タッチストーン

走れ！ オードリー 走るのだ！ オードリー

わしも行く 走るから　（一同 退場）

第２場
アーデンの森

（オーランド、オリヴァー 登場）

オーランド

まださっき 出会ったばかり
それなのに もうあの人に 恋をした？ 一目惚れ(ひとめぼ)れ？
その直後 愛の気持ちが 高まって プロポーズした？
そうしたら エリエイナ 受け入れたって⁉
それで 兄さん 結婚する気 なんですね

オリヴァー

急なことだと 反対は しないでくれよ
エリエイナ 貧しいし 知り合って すぐのこと
プロポーズも 承諾も すぐだった
俺は彼女を 愛してる 分かるだろう
彼女も俺を 愛してる 分かるだろう
お互いに 愛し合い 結婚するんだ
同意して くれるだろう⁈
この結婚は おまえにも 良いことだ
父の屋敷や 歳入すべて おまえに譲り

俺はこの地で 羊飼いになり 生涯を 送るつもりだ

(ロザリンド 登場)

オーランド
同意しましょう では 婚礼は 明日にし
公爵と 彼に従う 貴族の人達 ご招待 致します
エリエイナに 会いに行き 準備のことを お話しください
ほら あそこ ロザリンドが やって来る
ロザリンド
〈オリヴァーに〉ご機嫌よう オリヴァーさま
オリヴァー
ご機嫌よう ギャニミード
ロザリンド
ああ オーランド あなたの心に スカーフが
巻かれてるのを 見るだけで 私の心 挫けそう
オーランド
心じゃなくて 腕ですよ
ロザリンド
ライオンの爪で ハートに負傷を
負ったのだと 思ってました
オーランド
確かに傷は 受けてます
でも それは 一人の女性の 眼差しのせい

ロザリンド

血の付いた ハンカチを 見せられたとき

気絶した 振りをした お話は お聞きになった？

オーランド

はい 聞きました そんなことより 重要な話まで

ロザリンド

どういうことか 分かっています あれ 本当よ

牡羊同士 すぐ喧嘩する

シーザーは「来た 見た 勝った[86]」と 言ったけど

それよりも 何よりも あの二人の

結婚話の スピードは 前代未聞

あなたの兄と 私の妹 出会ってすぐに 見詰め合い

見詰め合ったら 愛し合い 愛し合ったら 溜め息をつき

溜め息つくと お互いに そのわけを 話し合い

話し合ったら 治療法 考え出して

この方法で 一段一段 階段を 上り詰め

結婚の ゴールに向かい 闇雲に[87] 駆けている

二人の愛は 燃え盛り 結び合い 絶対に 離れない

オーランド

---

[86] ジュリアス・シーザーがBC.47年に、ポントス王国（トルコ）とのゼラの戦いでの勝利の情報をローマに知らせた言葉。原典は "Veni, Vidi, Vice"。

[87] 原典 "incontinent"「コントロールが利かない」と「すぐに」の二重の意味。

二人は明日(あした) 結婚します
結婚式には 公爵を 招待しました
でも 何て 辛いこと 他人(ひと)の目で 幸せを 眺めるなんて！
愛する女性を 自分のものに できる兄
どんなに明日 幸せかと 思う度(たび) 僕の心は 重くなる

ロザリンド
どうしてなのだ？
明日 私が ロザリンド役 できないと 思うのか？

オーランド
もう僕は 空想の 世界では 生きていけない

ロザリンド
では もうこれ以上 無意味な話で
あなたの気持ち うんざりさせるの 止(や)めにしましょう
あなたのことを 理知的な 男性と 思っています
今からは 真面目な話を 致します
私の知識 高い評価を してもらおうと
思っては おりません
そのことは お分かりと 信じています
少しでも 信頼されれば それだけで いいのです
自分を飾る ためでなく
あなたの役に 立ちたいのです
どうか私を 信じてください
この私 不思議な力を 発揮できます
3歳の 頃からですが

私には 魔術師の 知り合いが いたのです
秘術の奥義を 究めた人で
邪悪なことに その技を 使ったり 絶対に しなかった
あなたの態度が 示すほど
心から ロザリンドを 愛してるなら
オリヴァーが エリエイナと 結婚する そのときに
ロザリンドと あなたとを 結婚させて あげましょう
彼女にしても 船に例えて 言うのなら
嵐の中で 狭い海峡 入り込み 難破寸前 なのだから
あなたには 不都合で ないのなら
明日なら あなたの前に 本物の ロザリンド
現すことが できますが…
当然ですが これにリスクは ありません[88]

オーランド

真剣に 言ってるのです？

ロザリンド

命に懸けて 言ってます
魔術師で あったとしても 命は一つ[89] 大切だから
そういうわけで 真面な服で 現れて 友達も 呼べばいい
明日 結婚 したいなら させてあげます
あなたがそれを 望むなら 結婚相手は ロザリンド

---

88 魔法を使うと後で禍が生じると信じられていた。
89 魔女のように魔術師も妖術使いとして殺されたりしたから。

(シルヴィアス、フィービー 登場)

ほら あそこ 私を愛する 女が一人
彼女を愛する 男が一人 やって来た

フィービー

お若いお方 あんたは黒い 心持ってる 男だね
あんたに書いた 私の手紙 赤の他人に 見せるとは！[90]

ロザリンド

見せたって 私はどうも 思ってないぞ
あなたには 意図的に 辛く当たって
紳士的に してないだけだ
あなたには 忠実な 羊飼いが 付いている
彼のほうに 目を向けて 愛しておやり
彼はあなたを 心から 愛してる

フィービー

さあ シルヴィアス この若者に 愛とは何か 教えておやり

シルヴィアス

溜め息と 涙によって できるもの
フィービーを 思う心が それですね

フィービー

私には ギャニミード

オーランド

---

90 「赤」と「黒」はスタンダールの『赤と黒』を連想した。Ys. の しゃれ（Sh. の文脈からは逸れてはいない）。

そして 僕には ロザリンド
ロザリンド
　そして 私に 女は不要
シルヴィアス
　愛なんて 誠意と奉仕 フィービーの ためなんだ
フィービー
　そして 私は ギャニミードのため
オーランド
　そして 僕は ロザリンドのため
ロザリンド
　そして 私は 誰のためでも ないんだな
シルヴィアス
　恋なんて ファンタジー 情熱や 願望で 作られて
　崇拝と 義務感や 忠誠心で 構成されて
　謙虚さや 忍耐や 焦燥感から 成り立っていて
　純潔さ 苦難や 柔順さ そのすべて 含んでる
　それみんな フィービーに
フィービー
　それみんな ギャニミードに
オーランド
　それみんな ロザリンドに
ロザリンド
　それみんな 女性にと そんな人 誰もいないが
フィービー

〈ロザリンドに〉恋がそれなら どうして私
あんたに恋しちゃ いけないの？
シルヴィアス
〈フィービーに〉恋がそれなら どうしておいら
おまえに恋しちゃ いけねえんだ？
オーランド
〈傍白〉恋がそうなら どうして僕が
あなたに恋を してはいけない?!
ロザリンド
誰に向かって 言ってるのだね？
「どうして僕が あなたに恋を してはいけない?!」
という言葉は？
オーランド
ここにはいない 人に向かって 聞いてはいない 人に対して
ロザリンド
お願いだ もうこれで 充分だ
これなどは 月に向かって 吠え立てる
アイルランドの 狼のようだ
〈シルヴィアスに〉できるだけ あなたを 助けよう
〈フィービーに〉女と結婚 するのなら あなたとしよう
〈オーランドに〉男と誓いを 立てるなら
あなたとします あなたは明日 結婚します
〈シルヴィアスに〉自分が良いと 言うもので
満ち足りるなら おまえは明日 結婚できる

〈オーランドに〉ロザリンドを 愛してるなら
必ず 姿 現すように
〈シルヴィアスに〉フィービーを 愛してるなら
必ず 姿 現すように
どんな女も 私には 愛せない
だから必ず 私は姿を 現しますよ
では さようなら この指示に 絶対に 従うように

シルヴィアス

生きていりゃ 必ず来ます

フィービー

私もよ

オーランド

僕もです （一同 退場）

第３場

アーデンの森

（タッチストーン、オードリー 登場）

タッチストーン

明日はな めでたい日だぞ オードリー
わしらはな 結婚式を 挙げるのだ

オードリー

結婚は 心から 望んでること
世間並みの 女になるの 恥ずべきことじゃ ないでしょう
公爵の 従者が二人 やって来た

(二人の従者 登場)

従者1
奇遇ですね お会いするのは
タッチストーン
その通りだな さあ 座り 歌っておくれ
従者2
いいですよ では 中央に お座りに なってください
従者1
では みんな 今すぐ歌を 始めよう
咳払い 唾を吐くのは 禁止です
かすれ声だと 言い訳は してはだめ
それなんか 悪い声だと 前触れを 言うようなもの

従者2
全くだ 言う通り
一頭の 馬に乗る 二人のジプシー さながらに
調子を合わせて 歌いましょう
［歌］
　　青年と 彼の恋人
　　ヘイ ホウ ヘイ ホウ

　　　　　　　　　　　　　　　　　　　第5幕

　　小麦畑を 通り過ぎ 春の季節は 結婚指輪 はめる頃
　　鳥は歌って ピーチク パーチク
　　恋する者は 春が好き

　　ライ麦畑の 間には 野草が繁る[91]
　　ヘイ ホウ ヘイ ホウ
　　田舎では そこに男女が 横になる
　　春が来たなら 春が来たなら

　　二人は共に 歌い出す
　　ピーチク パーチク
　　人生なんて 花のよう
　　春が来たなら 春が来たなら

　　今という時 逃(のが)してならぬ
　　ヘイ ホウ ヘイ ホウ
　　恋の盛りは 春の盛りだ
　　春が来たなら 春が来たなら

タッチストーン

　　若い君達 歌詞の中身は 薄っぺら
　　それにまた 曲の調子が 狂ってた

従者1

91　古語［日本語］「男女がむつまじく情を交わす」Ys. のしゃれ。

そんなこと ありません
我々は タイミング 合わせてました
合ってないわけ ありません
タッチストーン
本当に 狂ってた しっかりと 測ってた
愚かな歌を 聞いたのは 時間のロスだ
では ご機嫌よう 声に磨きを かけておけ
さあ 行こう オードリー

第4場

アーデンの森

(元公爵、アミアン、ジェイクイーズ、オーランド、
オリヴァー、スィーリア 登場)

元公爵
オーランド あの青年が 約束をした あらゆることを
やってのけると 思ってるのか?
オーランド
信じたり 疑ったりで
望みに 不安ある者は
自分の中に 不安があるの 知っている

（ロザリンド、シルヴィアス、フィービー 登場）

ロザリンド

　ほんのしばらく ご辛抱 願います

　合意の確認 取るのです

　〈元公爵に〉ロザリンドを この場所に 連れて来たなら

　あなたは 娘を オーランドの 妻として 与えるのですね

元公爵

　与えよう 王国を 数多く 持ってたら それも付けてな

ロザリンド

　〈オーランドに〉ロザリンドを 連れて来たなら

　花嫁に するのだな

オーランド

　確かにします 私自身が 王国の 王であっても

ロザリンド

　〈フィービーに〉あなたは私に その気さえ あるのなら

　結婚したいと 言うんだな

フィービー

　その通りです 万が一 1時間後に 死ぬとしても

ロザリンド

　あなたがもしも 結婚を 拒んだら

　この忠実な 羊飼いと 結婚を するのだろうな

フィービー

　約束は そうでした

ロザリンド
　〈シルヴィアスに〉フィービーが 結婚すると 言ったなら
　あなたはそれを するのだな
シルヴィアス
　あの人との 結婚が 死を意味すると 言われても
ロザリンド
　この事柄を みんな解決 すると約束 しましたよ
　あなた方も 約束は お守りください
　公爵は あなたの娘を お与えに
　オーランドは その娘を 受け取ると
　フィービーは 私と結婚 したくても
　できないのなら 羊飼いと 結婚をする
　約束は 約束だから 守るのですよ
　シルヴィアスも フィービーと 結婚をする
　フィービーが 私のことを 拒絶したなら
　— それではほんの しばらく 失礼します
　この案件を 一挙に解決 するために
　(ロザリンド、スィーリア 退場)
元公爵
　羊飼いの あの青年に わしの娘の 面影が
　どういうわけか はっきりと 読み取れる
オーランド
　公爵さま 実は私も 最初見たとき
　彼はあなたの 娘さまの ご兄弟かと 思ったのです

でも 彼は この森で 生まれ育って
この森に 隠れ住む 伯父からは
多くの秘術 学んだと 言うのです

(タッチストーン、オードリー 登場)

ジェイクイーズ

こいつはどうも また洪水が 起こるのか
別のカップル 方舟(はこぶね)[92] に やって来た
とても奇妙な 動物の ペアである
どの国の 言語でも その名は「馬鹿」だ

タッチストーン

皆さま どうか 宜しくお願い 致します

ジェイクイーズ

公爵 どうか 温かく 迎えてやって 頂けますか?
この男が 森の中で 頻繁に 出会ってた
まだら頭の[93] 道化です
宮廷に 仕えていたと 言っております

タッチストーン

そのことに 疑問がある者 出てきたら
身の潔白を 証明します

---

92 ここで多くのカップルが生まれるのは「ノアの方舟」にあらゆる動物の番(つがい)が乗せられたことを連想させるという意味。
93 道化の服がまだら模様であったから。

宮廷の スローダンスも しましたし
貴婦人に へつらうの 得意でしたし
味方には「狡猾(こうかつ)」に[94]
敵に対して「円滑」に しておりました
洋服屋など3軒も 倒産させて[95]
喧嘩は4回 そのうちの1回は 決闘に なりそうでした

ジェイクイーズ

どう決着を 付けたのか?

タッチストーン

実際に 我々は 決闘場で 立ち合って
喧嘩の理由「七大原因」と 分かったのです

ジェイクイーズ

どうしてなんだ? 七大原因?
この男 なかなかやると 気に入りました

元公爵

わしも大いに 気に入った

タッチストーン

気に入って 頂けて 光栄ですな
〈ジェイクイーズに〉あなたにも 感謝しますぞ
田舎の他(ほか)の カップルに 混じってここに 来たわけは
その結婚の 結び付きや 欲望による 破談にも よりますが

---

94 本来なら「円滑」と「狡猾」とは逆になるべき。タッチストーンは宮廷の道化であると誇示するために、わざと逆に言っている。
95 仕立て代を払わない。

誓ったり その誓いを 破るためです
処女なんて 器量の悪い 女のことで
そんなのが このわしの 結婚相手
他の男が 見向きもしない そんな女を
選んだわしは 気まぐれ過ぎだ
でも 見掛けの悪い 女にも 美徳の心が 潜んでる
カキのような 汚い貝に 真珠がひっそり 眠るが如し[96]

元公爵

実際に この男 頭の回転 早いようだし
言うことが 意味深長だ

タッチストーン

道化の矢など すぐに放たれ[97] どこへ飛ぶのか 分からない
天性の 病気です

ジェイクイーズ

話を戻し「七大原因」に ついてだが
決闘の 発端が どういうことで
それが原因に なるのだい?

タッチストーン

7回も 出てくる虚偽に 由来する
― オードリー もっと優雅に 立てないのかい?! ―

---

[96] 原典 "oyster"。"er" で終わる月 (September [9月] から December [12月] までカキがおいしい時期とされている)。「情欲」や「沈黙」の象徴。

[97] 道化の口から言葉が矢継ぎ早に出ること。

つまりはこうだ 知り合いの 宮廷人に わしが言う
「髭の剃り方 良くないね」とね
そうすると 返す言葉が「自分としては 気に入ってます」
これなどは「礼儀正しい 返答」だ
もう一度「髭の剃り方 良くないね」と 言ってみる
その返答は「俺は満足 しているぞ」と
わしの判断に 反抗致す
これなどは「穏当な 返答」だ
もう一度「髭の剃り方 良くないね」と 言ってみる
そうすると 相手はわしの 判断に 難癖付ける
これなどは「粗暴なる 返答」だ
さらにまた「髭の剃り方 良くないね」と 言ってみる
そうすると わしの意見は「正しくない」と 言い返す
これなどは「喧嘩的叱責」だ
さらに続けて「髭の剃り方 良くないね」と 言ってみる
そうなると 相手はわしに「嘘吐きだ」と 言い返す
こうなると「喧嘩的反逆」だ
その次は「状況的虚偽」で
最後には「直接的虚偽」となる

ジェイクイーズ

おまえは何度「髭の剃り方 良くないね」と
言ったのだ?

タッチストーン

「状況的虚偽」までだけで 相手のほうも

「直接的虚偽」にまで 至らなかった
そういうわけで わし達は お互いの 剣の長さを
測っただけで 別れたと いうことですな
ジェイクイーズ
虚偽の段階 順序通りに 言えるのか？
タッチストーン
勿論ですよ あなた方 マナーの本を お持ちのように
本に印刷[98] された通りに 喧嘩をします
段階順に 言いましょう
第1は「礼儀正しい返答」だ
第2は「穏当な返答」だ
第3は「粗暴なる返答」だ
第4は「喧嘩的叱責」だ
第5は「喧嘩的反逆」だ
第6は「状況的虚偽」だ
第7は「直接的虚偽」だ
直接的虚偽に 至るまでなら
どの段階に いようとも 決闘は 避けられる
第7の 段階でさえ
「もしも」という 一言で 決闘は 避けられる ことがある
昔の話 7人の 裁判官が 訴訟事件を 解決できず
当事者の 相方が 顔を合わせる 機会があって

---

98 16世紀末にイングランドで喧嘩と決闘の仕方の本が礼儀作法の本と共に出版されていた。

その一方が「もしも」を付けて 話し出し
「もしもあなたが そう仰って くだされば
私もこう 言いましょう」と 和解して
二人は 手と手を 握り合い
兄弟の 誓いを立てた 事例あり
「もしも」という 言葉は 偉大な「ピース・メイカー」
「もしも」という 言葉の中に
美徳という 価値がしっかり 備わっている

ジェイクイーズ

素晴らしい 男ですね 公爵
どんなことを 話しても 絶妙だ 道化には 最適だ

元公爵

道化姿を 隠れ蓑(みの)にし 忍び寄り
相手の隙(すき)を 狙いすまして 知恵の矢を 放つのだ

([穏やかな音楽] ハイメン[99]、ロザリンド、スィーリア 登場)

ハイメン

地上の者が 同調し 和を唱えれば
天上に 喜びが 満ち溢れくる
善良な 公爵よ 汝の娘を 受け取りなさい
天上から ハイメンが お連れしました

---

99 ローマ神話。結婚の神。

あなたによって 娘の手と 青年の手を
結び合わせて あげなさい
青年の 心はすでに 娘の胸の 中にあります
ロザリンド
〈元公爵に〉父上に この身を捧げ 祈ります
私はいつも 父上のもの
〈オードリーに〉貴方(あなた)に この身を捧げ 祈ります
私はいつも 貴方のもの
元公爵
もしわしが 目にするものが 真実ならば
おまえはわしの ロザリンド
オーランド
もし僕が 目にするものが 真実ならば
あなたは僕の ロザリンド
フィービー
もし見えるもの その姿 真実ならば
悲しいけれど 私の愛は 消えちゃった
ロザリンド
〈元公爵に〉あなたが父で ないのなら
私には お父さまなど いらっしゃらない
〈オーランドに〉あなたが夫と なる人で ないのなら
私には 夫など いないのですよ
〈フィービーに〉あなたが相手で ない限り
女性とは 私はきっと 結婚しない

ハイメン

　お静かに！ 人々の 乱れた糸を 解きほぐし
　この不可思議な 物語 結ばねば なりません
　手を取り合うは 8名の者 真実が 真実で あるのなら
　ハイメンが 司(つかさど)る 婚礼により 結ばれる
　〈オーランドとロザリンドに〉
　あなたとあなた 何事が 起ころうと
　別れては なりません
　〈オリヴァーとスィーリアに〉
　あなたとあなた 二人の心 一つにと するのです
　〈フィービーに〉
　あなたは この若者に 寄り添いなさい
　さもないと 女が夫と なるでしょう
　〈タッチストーンとオードリーに〉
　あなたとあなた 冬に嵐が あるように
　二人は堅く 契りを結び 暮らすのですよ
　〈全員に〉
　婚礼を 祝福し 我らが歌う 歌を聴きつつ
　お互いの 知るべきことを 話すのですよ
　そうすれば すべてのことが 解決します
　［歌］
　　　結婚は 偉大なる 女神ジューノが
　　　人々に 与える祝福
　　　共に食べ 共に眠る その幸せを！

　　　　あらゆる町で 人を創るは ハイメンの 祝い事
　　　　結婚に 栄誉あれ
　　　　讃えよ 讃え！ 世に名を広め
　　　　あらゆる町の 女神とし ハイメンを 讃えよう

元公爵

ああ 姪のスィーリア よく来てくれた
娘のように 歓迎するぞ

フィービー

〈シルヴィアスに〉約束は 守るわよ
もうあんたは 私のものよ
あんたの誠意と 私の思い くっ付いたのよ

（ジェイクス・ドゥ・ボイス 登場）

ジェイクス

私の話を 少しですから お聞きください
この私 ローランド卿の 次男です
この栄えある 集いに お知らせを 携えて 参りました
フレデリック公爵は この森に 優秀な 人材が
日々集まって いるとのことを お聞きになって
強大な 軍隊を 組織して 自ら軍の 指揮を 執り
軍を進めて 兄君を 襲撃し
お命を 奪おうと なさってました
公爵が この森に 差し掛かろうと したときに

老齢の 神父に出会い その方と 問答を 交わされました
　　そうすると 公爵は 自分の罪を 悟られたのか
　　翻然(ほんぜん)と 悔い改めて 軍事行動 だけでなく
　　俗世からも 身を引かれると ご決意で
　　公爵の地位は 追放した 兄上に 返上されて
　　その供として 流浪の身の 貴族の方には
　　各自の所領を お返しすると 言明されて おられます
　　神明(しんめい)に懸け このことに 嘘偽りは ありません

元公爵

　　よく来てくれた ご兄弟の 結婚式に
　　君の知らせは 何よりの プレゼントだ
　　一人には 没収された 領地をみんな 与えよう
　　もう一人には 国全体を
　　やがて受け継ぐ 公爵領の すべてをである
　　さあ この森で 始まって この森で 熟したものの
　　結末に 入りましょう
　　その後で わしと共に 苦難の日々を 送った者に
　　わしに戻った 幸福の 喜びを
　　身分に応じて 分かち与える
　　今しばらくは 不意に背に 伸(の)し掛かってきた 責任忘れ
　　田舎での 祝宴を 楽しみましょう
　　さあ 音楽を！ 花嫁も 花婿も 歓喜に浸(ひた)り 踊り尽くそう

ジェイクイーズ

　　〈ジェイクス・ドゥ・ボイスに〉

楽しみの 邪魔をして すまないが
聞き違いでは ないのなら
フレデリック公爵は 宗教の道に 入られて
華やかな 宮廷を 去られたのだな
ジェイクス
その通りです
ジェイクイーズ
この俺は 宗教により 生き方を 変えられた
フレデリック公爵の 所へと 行くことにする
そこにはきっと 耳を傾け 学ぶべきものが 多くあるはず
〈元公爵に〉あなたには かつての地位を 移譲する[100]
あなたが見せた 忍耐と 高潔さは 充分それに 値する
〈オーランドに〉君が示した 心からの 誠実さは
愛を受けるに 値する
〈オリヴァーに〉君には領地 愛する人と
公爵家との 結び付き
〈シルヴィアスに〉おまえには 相応しく 待望の
新婚の ベッドを一つ
〈タッチストーンに〉おまえ達には 口喧嘩
—— 愛の船出に 2ヶ月だけの 備蓄では——
起こるだろうよ
では 皆さん 楽しく共に お過ごしを

---

[100] ジェイクイーズは元公爵に遺言を残すかのように語っている。その他の人物に対しても同様である。

俺は踊りに 向いてない
元公爵
待て！ ジェイクイーズ 待てと言うのに…
ジェイクイーズ
娯楽など 見たくない 用があるなら
誰もいない 洞窟に おりますからな　（退場）
元公爵
では 始めよう 婚礼の儀式を！
歓喜に包まれ つつがなく みんなの式は 終わるであろう
（踊りながら 一同 退場）

「ロザリンドによるエピローグ」

エピローグを 女の私が 務めるの
普通では ありません
でも 主役の男が プロローグを 述べるのと
比べましたら まだましですね
上質の ワインなら 店先に
広告の 蔦飾りなど 不必要と 諺で 言われるように
上質の 芝居なら エピローグなど 不必要
でも 上質の ワインでも 店先に 蔦飾り してありますね
それならば 上質の 芝居にと 上質の エピローグ
付け加えたら 飾りには なりますね
でも 私の立場 微妙です

第5幕

上質の エピローグなど 語れませんし
上質の 芝居のために へつらうことも できません
乞食のような 服ではないし 乞い願うのも 場違いですね
この私に できること ただアピールを することだけで
まず 女性から 始めます
男性に 捧げる愛に 負けぬほど
この芝居 お気に召すなら 何よりです
では 男性に
女性に捧げる 愛には 負けぬほど
—こう言うと もうニヤニヤと 笑ってられる
女性が嫌いと いう方は
いらっしゃらない ようですね—
男性の 皆さまと 女性の皆さまに
このお芝居が お気に召される ことだけを 願っています
私がもしも 女性なら
立派な髭や 素敵なお顔 良い香りを
お持ちの男性に 一人残らず キスの雨
降らせてみたいと 思っています
きっと皆さま 立派な髭や 素敵なお顔
良い香りを お持ちのはずね
キスのため そうですよね
では ここで 跪き お別れの 挨拶と
させて頂き 退散します　（退場）

あとがき

　『お気に召すまま』(1599) は、喜劇時代の系譜の中では後期に属すもので、『空騒ぎ』(1598) と、最後の喜劇『十二夜』(1601) の中間に位置する。

　作品の種本は、作者不詳の『ギャミリン物語』(1400) という詩形の物語と、トマス・ロッジの『ロザリンド、ユーフィーズ黄金物語』(1590) である。前者の『ギャミリン物語』では、ギャミリンはオーランドにあたり、強欲な兄オリヴァーへの復讐物語である。後者のロッジの作品は牧歌調の恋愛劇で、フレデリック公爵や元公爵にあたる人物、そして、その娘ロザリンドも登場する。『お気に召すまま』の大筋はこの二つの物語のミックスである。

　シェイクスピアはこの作品を作るにあたり、伝統的な田園礼賛のロマン溢れる牧歌劇をベースにしているが、森や田園の肯定的な面を踏襲しつつも、それまでには描かれなかった否定的な面をも、新たなキャラクターを登場させて語らせている。

　現実世界では起こり得ないと思われる（ロザリンドの変装によって）親子や恋人同士が認識できないことなど、おとぎの国の世界でしかあり得ないことが舞台上で繰り広げられるが、舞台そのものが虚構の世界なので、架空の世界が現れても別におかしなことではない。

あとがき

　『(真) 夏の夜の夢』では、主人公はアテネ郊外の「森」ではないかと、あとがきに書いたが、この作品のアーデンの森も、シェイクスピアの生まれ故郷のストラットフォード・アポン・エイボン近くの森をイメージして描いたのかもしれない。しかし、この作品の主人公は明らかに、理知的で情熱的なロザリンドである。森の中というロマンス風の設定の中に、現代のフェミニストの先駆者のようなロザリンドがいて、元公爵の周りには、シャーウッドの森にいたロビン・フッドとその仲間達のような貴族達がいる。そして、その連中とは全くそぐわないペシミストのジェイクイーズがいる。更には、ジェイクイーズを揶揄する道化がいるというように、複雑な構図になっている。

　『お気に召すまま』は、観客や読者がどの視点に立っても、この劇が堪能できるように工夫されている。特に、ジェイクイーズやタッチストーンなど森の「空気」に左右されないキャラクターが登場し、様々な視点が提示される。

　また、鹿の話や、レスリングの場面を除き、誰も傷付かず、決闘シーンもない、戦争の場面もないし、誰も死なない。悪人の二人は「魔法？」によって改悛させられ、一瞬にして善良で真面な人間に「変心」する。ここでも森に治癒力があるのか、心的なホルミシス効果があるのか、オリヴァーをスィーリアと相思相愛にさせるほど良質な人間に変え、修道僧の姿を借りた「森の精」がフレデリック公爵の汚れた心を清め、武器を捨て、世俗の地位を去る決意をさせるのである。

森はあたかも神様のように人の運命を左右する。特に、最後にハイメンという婚姻の神が現れて、4組のカップルが誕生し、ハッピーエンドでこの劇は終わる。

　この劇を観客が「お気に召す」か召さないかは、観客しだいと口上をロザリンドが述べ、幕を閉じる。いよいよ、本格的な悲劇時代の到来の幕が上がる寸前である。

　最後に一言、年老いたアダムの役は30歳代だったシェイクスピア自身が演じたという記録が残っている。なぜ彼は端役の老人を選んだのだろう？

謝辞

　もう10年以上もお付き合いを頂き、変わらぬ風格の風詠社社長の大杉剛さま、オフィスに笑顔で爽やかな風を送ってくださる牧千佐さま、高齢の度合いが進んで信じられないミスを連発するようになった私の原稿を修正し、立派な本に仕上げて頂いている藤森功一さま、綿密に調べ上げて校正をして頂いている阪越エリ子さま、そして、ミミズのような文字の羅列をプラスチックの老眼鏡を掛け、お母さんの形見の天眼鏡を使い、2本の指だけを駆使してパソコンに打ち込んでくれた藤井翠さまに感謝申し上げます。

ロザリンド役
(ジュリア・ニールスン)

著者略歴

今西 薫
京都市生まれ。関西学院大学法学部政治学科卒業、同志社大学英文学部前期博士課程修了（修士）、イギリス・アイルランド演劇専攻。元京都学園大学教授。

著書
『21世紀に向かう英国演劇』（エスト出版）
『*The Irish Dramatic Movement: The Early Stages*』（山口書店）
『*New Haiku: Fusion of Poetry*』（風詠社）
『*Short Stories for Children by Mimei Ogawa*』（山口書店）
『*The Rocking-Horse Winner & Monkey Nuts*』（あぽろん社）
『*The Secret of Jack's Success*』（エスト出版）
『*The Importance of Being Earnest*』〔Retold版〕（中央図書）
『イギリスを旅する35章（共著）』（明石書店）
『表象と生のはざまで（共著）』（南雲堂）
『詩集 流れゆく雲に想いを描いて』（風詠社）
『フランダースの犬、ニュルンベルクのストーブ』（ブックウェイ）
『心をつなぐ童話集』（風詠社）
『恐ろしくおもしろい物語集』（風詠社）
『小川未明＆今西薫童話集』（ブックウェイ）
『なぞなぞ童話・エッセイ集（心優しき人への贈物）』（ブックウェイ）
『この世に生きて　静枝ものがたり』（ブックウェイ）
『フュージョン・詩＆俳句集 —訣れのPoetry—』（ブックウェイ）
『アイルランド紀行 —ずっこけ見聞録—』（ブックウェイ）
『果てしない海 —旅の終焉—』（ブックウェイ）
『J. M. シング戯曲集 *The Collected Plays of J. M. Synge*（*in Japanese*）』（ブックウェイ）

『社会に物申す』純晶也［筆名］（風詠社）

『徒然なるままに ―老人の老人による老人のための随筆―』（ブックウェイ）

『「かもめ」＆「ワーニャ伯父さん」―現代語訳チェーホフ四大劇Ⅰ―』（ブックウェイ）

『New マジメが肝心 ―オスカー・ワイルド日本語訳―』（ブックウェイ）

『ヴェニスの商人』―七五調訳シェイクスピアシリーズ〈1〉―（ブックウェイ）

『マクベス』―七五調訳シェイクスピアシリーズ〈2〉―（風詠社）

『リア王』―七五調訳シェイクスピアシリーズ〈3〉―（風詠社）

『テンペスト』―七五調訳シェイクスピアシリーズ〈4〉―（風詠社）

『ちっちゃな詩集 ☆魔法の言葉☆』（風詠社）

『ハムレット』―七五調訳シェイクスピアシリーズ〈5〉―（風詠社）

『ジュリアス・シーザー』―七五調訳シェイクスピアシリーズ〈6〉―（風詠社）

『オセロ ―ヴェニスのムーア人―』―七五調訳シェイクスピアシリーズ〈7〉―（風詠社）

『間違いの喜劇』―七五調訳シェイクスピアシリーズ〈8〉―（風詠社）

『十二夜』―七五調訳シェイクスピアシリーズ〈9〉―（風詠社）

『(真)夏の夜の夢』―七五調訳シェイクスピアシリーズ〈10〉―（風詠社）

『シェイクスピア New 四大悲劇』―マクベス／リア王／ハムレット／オセロ―（風詠社）

『ロミオ＆ジュリエット』―七五調訳シェイクスピアシリーズ〈11〉―（風詠社）

＊表紙にあるシェイクスピアの肖像画および本文中の画像は、Collin's Clear-Type Press（1892 年に設立されたスコットランドの出版社）から発行された *The Complete Works of William Shakespeare* に掲載されたものを使用していますが、作者不明のため肖像画掲載に関する許可をいただいていません。ご存知の方がおられましたら、情報をお寄せください。

『お気に召すまま』七五調訳シェイクスピアシリーズ〈12〉

2025 年 4 月 6 日　第 1 刷発行

著　者	今西　薫
発行人	大杉　剛
発行所	株式会社 風詠社
	〒 553-0001　大阪市福島区海老江 5-2-2 大拓ビル 5 - 7 階
	TEL 06（6136）8657　https://fueisha.com/
発売元	株式会社 星雲社（共同出版社・流通責任出版社）
	〒 112-0005　東京都文京区水道 1-3-30
	TEL 03（3868）3275
印刷・製本	小野高速印刷株式会社

©Kaoru Imanishi 2025, Printed in Japan.
ISBN978-4-434-35429-8 C0097
乱丁・落丁本は風詠社宛にお送りください。お取り替えいたします。

郵便はがき

■■■■
料金受取人払郵便

大阪北局
承認

7000

差出有効期間
2026 年 10 月
31日まで
（切手不要）

５５３８７９０

018

大阪市福島区海老江 5-2-2-710

㈱風詠社

　　　愛読者カード係 行

|ʰʰʰʰʰʰʰʰʰʰʰʰʰʰʰʰʰʰʰʰ|

ふりがな お名前			大正　昭和 平成　令和　　年生　　歳	
ふりがな ご住所	□□□-□□□□			性別 男・女
お電話 番号		ご職業		
E-mail				
書　名				
お買上 書　店	都道 府県 　　市区 　　　　郡	書店名		書店
		ご購入日	年　　月　　日	

本書をお買い求めになった動機は？
1. 書店店頭で見て　　2. インターネット書店で見て
3. 知人にすすめられて　　4. ホームページを見て
5. 広告、記事（新聞、雑誌、ポスター等）を見て（新聞、雑誌名　　　　　）

風詠社の本をお買い求めいただき誠にありがとうございます。
この愛読者カードは小社出版の企画等に役立たせていただきます。

本書についてのご意見、ご感想をお聞かせください。
①内容について

②カバー、タイトル、帯について

弊社、及び弊社刊行物に対するご意見、ご感想をお聞かせください。

最近読んでおもしろかった本やこれから読んでみたい本をお教えください。

ご自分でも出版してみたいというお気持ちはありますか。
　　　ある　　　　ない　　　内容・テーマ（　　　　　　　　　　　　　　）
出版についてのご相談（ご質問等）を希望されますか。
　　　　　　　　　　　　　　　する　　　　　　しない

ご協力ありがとうございました。

※お客様の個人情報は、小社からの連絡のみに使用します。社外に提供することは一切
　ありません。